未曾归去的老家
——西北庄的回忆

张洪义　张育南　著

中国城市出版社

图书在版编目（CIP）数据

未曾归去的老家：西北庄的回忆 / 张洪义，张育南著 . -- 北京：中国城市出版社，2024.3
ISBN 978-7-5074-3705-8

Ⅰ.①未… Ⅱ.①张…②张… Ⅲ.①回忆录—作品集—中国—当代 Ⅳ.①I251

中国国家版本馆CIP数据核字（2024）第083165号

责任编辑：戚琳琳　吴　尘
责任校对：王　烨

未曾归去的老家——西北庄的回忆
张洪义　张育南　著

*

中国城市出版社出版、发行（北京海淀三里河路9号）
各地新华书店、建筑书店经销
北京光大印艺文化发展有限公司制版
建工社（河北）印刷有限公司印刷

*

开本：880毫米×1230毫米　1/32　印张：4　字数：96千字
2024年7月第一版　　2024年7月第一次印刷
定价：36.00元
ISBN 978-7-5074-3705-8
（904669）

版权所有　翻印必究
如有内容及印装质量问题，请与本社读者服务中心联系
电话：（010）58337283　QQ：2885381756
（地址：北京海淀三里河路9号中国建筑工业出版社604室　邮政编码：100037）

致谢

本书的完成需感谢许多朋友，首先是在我父亲生前，把一段家族树上的枝条带给我的史晓明先生，他 2013 年偶然听说了我老家的故事，于是亲自去那里寻找到那两棵大树，并带回树上的枝条，他的举措让父亲想起了自己许久未曾归去的老家，才有了本书后面的文字。

感谢我的三位表姐和爱人的好友齐虹大夫，在我和妹妹心情最不好的时候给予我们家人一样的关怀，帮助我们尽力挽救父亲的生命，虽然未能成功，但却使我想到，不能让父亲许多过去的故事随着他的去世被湮没，于是便有了我探秘父亲老家的旅程，也有了后面的这些文字。

感谢张刚先生，当年是他偶然促成了我和我爱人的见面，并最终走到了一起。这次在我父亲弥留之际，他告诉我如何与尚存一息的父亲说话，尽管那时我已经无法得到回应。后来在我发现父亲的手稿时，他鼓励我去整理父亲的文字和做一些必要的拓展。

感谢山东老乡傅先生，在得知我去乳山的时候为我介绍了很多胶东地区的朋友，这也为我后来写作提供了一些资料。感谢于先生让我联系上了多年未能见面的徐东辉师兄。感谢乳山的李庆隆和于龙以及党史办的王浩先生。愿本书的出版能使他们的工作变得更加顺利。

感谢戚琳琳女士为本书的出版进行策划和督促，没有她的帮助，本书只能在我的家人和朋友群里流传。感谢杨志祺同学运用 AI 软件为本书进行插图设计，在父亲得病之前我和他说过这些世界的新发展，他甚至想等那些能与人对话的智能机器人出现时订购一个，可惜在父亲生前未能体验到这些新的技术变化，能在此书中运用 AI 插图技术，也算对父亲有所交代吧。

序

2023年初，我的父亲张洪义突然染病去世了，那是我经历的最难过的一个阳历1月：1月3日，即刚刚放完新年假的第一天，我本来已经坐着高铁踏上从北京前往大连的探视之路，中途（到辽宁朝阳时）接到妹妹的电话，让我返回北京取一件紧急的物品，然后马不停蹄地重新飞往大连。

飞机上太阳照着我的身躯，让我体会到一种久违的温暖，想起父亲的病情，看着洒在海上的落日余晖，我心里祈祷着："太阳啊！请不要落山，让我借着你今天最后一缕光芒把我送到还清醒的他身旁。"但走出机场时，已是暮色初降，街道上的路灯刚刚亮起，正是堵车的时段，我心里升起一种不祥之感。妹妹在电话里告诉我，父亲已被送入危重病房，她在我到达前1小时办理了一切手续，给父亲服下，他的确是在太阳落下之前吃上的药。我瞬间又燃起了一丝希望。

圣诞节前父亲还在养老院住得好好的，那时我和爱人因为身体不适在北京，当得知清华大学当初参与我博士答辩的一位老师去世的消息时，我犹豫了几天，才在圣诞平安夜告诉父亲，要他在养老院注意身体。然而圣诞节过后仅一天，他就打电话告诉我，他也发烧了，于是妹妹把他从养老院接到家中。

他在妹妹家那几天不发烧，但病情悄悄加重，没过几天就不得不送往医院，而且一天以后就转到了危重病房。我赶到时，父亲已住进ICU，医生们当时对他的状况还颇有信心。

开始的几天，他的状况还在不断变好，我甚至见到他清醒时抬起胳膊和腿向我示意他的状况，那时他的嘴被呼吸面罩堵着无法说话。遗憾的是，这次我见到他时，自始至终再也没有听到过他说一句话。尤其拔管后没几天就复插，他再少有神志清醒的时候，尽管倔强地坚持，但留在他身上的生命气息越来越少。

在父亲走的前一天晚上，ICU主任破例让我一个人进入病房看看弥留之际的他，尽管他已昏迷并靠着设备维持生命。我遵照一位朋友的建议告诉他，他曾是一位多么正直、多么负责的父亲，如果有力量能回来，我们也都希望他回来，然而如果觉得这样维持下去过于痛苦，那么他也可以按照自己意愿，顺其自然地魂归故里。我拿起手机把妹妹、妹夫和我爱人的留言放给他听，并且放了一首台湾艺人陈彼得先生演唱的经典歌曲《一条路》。

一条路\落叶无迹\走过我走过你
我想问\你的足迹\山无言水无语
走过春天\走过四季
走过春天\走过我自己
悄悄地\我从过去\走到了这里
我双肩\驮着风雨\想知道我的目的
走过春天\走过四季
走过春天\走过我自己
……

终于，第二天父亲走了，带着我们兄妹和其他亲人的关切、爱戴和依依不舍。他是在阴历腊月二十九去世的,此时已经接近农历新年,他去世没多久,当天晚上天空飘起了雪花,雪下得并不大,没有影响第二天的交通,我们直到初五才将他火化并举办了小型的告别仪式。母亲已经走了六年多,他们应该在另一个世界相会了。

生老病死人之常情,每个生命有开始就终有结束之日。但是我们当代中华文化似乎特别回避死亡的话题。人们爱聆听生命的啼哭,却不敢正视灵魂的逝去,其实有时这真是再正常不过了。

回到妹妹家,我把一直亮着的床头灯关掉,这次到了大连,我每天都日夜开着那盏为父亲祈祷的灯,希望病房中父亲的生命能感受到灯光的温暖,就如同赶来送药时,照在飞翔于大海之上的飞机里,照亮和温暖我右肩膀的那一缕阳光,但今天再也不用这样了,他的那团生命之火就此熄灭。

如果看到上面这些伤感的文字,就认为本书是在讲述多么悲惨的内容的话,可能就误解了本书的意思。如同《十日谈》中薄伽丘所说:开端虽然凄凉,却好比一座险峻的高山,挡着一片美丽的平原,翻过前面的高山,就来到赏心悦目的地方。

去养老院整理父亲的遗物,发现了前几年他留下的一些手稿,有些已经打印成计算机文档,有些还未录入,稍稍发黄的纸上,都是他工整的字迹。对于我和妹妹而言,我们如同大洪水后的第二代人类,爷爷、奶奶和姥姥、姥爷在我们出生前就已去世,父亲和母亲从未给他们烧过纸或办过什么仪式,虽然父母双方都有兄弟姊妹,但我和妹妹几乎从来没有看到或参加过他们的任何祭祀扫墓活动。

父亲未到青年就离开故土,陪着他的奶奶远赴东北,中途台风引发海难,他们颠沛流离但却逢凶化吉,后来父亲和老奶奶终于和他叔父(我二爷)相会,但他自己却马上又开始了远离父母独自在东北实验中学的求学之路。后来他考到上海交通大学读船用内燃机专业，毕业后原本都已留校，但由于他那颗不安分的心偏要从军进行军事装备研究，而分配他的正是伯父的战友，于是因出身过硬，技术也过关，便被分配到冰天雪地的哈尔滨，一干就是三十年。我们小时候他总是嫌哈尔滨太冷，希望回到离他山东老家近一些的地方，后来因各种原因没有回到山东，带着我们全家迁往了离山东半岛隔海相望的大连。在他的口中，威海乳山有最适合人居住的气候，西北庄是个人杰地灵的可爱家乡。尽管父亲一辈子不适合做"大一点"的干部，在学术上小有成就也不足以广泛宣传，但不能否认他见多识广。然而即便如此，到了晚年，他心心念念还是自己儿时成长的地方。

父亲记述的，是他十二岁之前发生在家乡山东乳山西北庄和他与母亲结婚前家族长辈的一些陈年往事。其实他十二岁时就离开了那里，在他有生之年从未再回到那里并稍长时间居住过。但是在我和妹妹小的时候，他常不时向我们讲述那里的风土人情。尽管年少离家，又是大学教授，按理讲，普通话也是讲课的基本要求，但他却一辈子操着浓重的胶东口音。

我记得他曾经在我小的时候说起村子里的狗、猫、黄鼠狼、两棵大树和乡亲们的一些故事，也讲过我的老奶奶和伯父的一些故事，年龄大些，才看到他写大舅、叔父和一些与胶东革命者相关的人和事。起初对我和妹妹而言，他口中的老家仿佛《指环王》中的夏尔那般宁静安逸，或者像鲁迅笔下的百草园那般岁月静好，但是后来我才发现其中也藏着一段有些"波澜壮阔"的地方历史。

一次我在谷歌地图上找到了父亲老家西北庄，并且让他给我指出哪一个是我们的故居，我们从卫星图上看了他说的院子和里面的两棵大树，于是我在那里标注了一个记号并写下：未曾归去的老家。的确，当时我忙这忙那，顾不上看他的故事，他心心念念地想着，我却没有时间陪他，他生我生得有些晚了，其他像他一样年纪的人，孩子有许多都已退休，而我还在为工作忙碌，为自己孩子的上学问题而奔波，没有时间陪他，也未能陪他回到西北庄老家。当我的孩子终于在 2020 年上了大学，后来因为种种原因，终是聚少离多。

我在父亲逝世之后看到他的笔记，想起李健的歌《父亲写的散文诗》，又想到我们学校和我所在的建筑学学科经常会进行的一些村庄改造和乡村振兴的研究，于是便突发奇想想要趁着假期到他的老家看看，看看那两棵他心心念念忘不了的大树，看看他曾经说的藏匿和帮助过革命者和抗日志士的祖屋，领略一下父亲这个直率、聪明却顽固而倔强的小老头一辈子不改的乡音。父亲在时，他就是我们的根；父亲走了，我应该去他年幼时生活的地方进行一次寻根之旅。我坐着高铁从北京到烟台，那正是他 1949 年离开山东去东北读书时坐船的地方，然后乘出租车来到了威海乳山。在入住的酒店里正好有一本《红色乳山》，父亲笔记中记录的一些人物恰好也一一在书中有对应，宾馆离父亲的祖宅只有 10 公里左右，明天我就要探访父亲心中一直念念不忘的老家——西北庄村。

张育南
2023 年 2 月 12 日

此后是父亲的文字。

目录

致谢

序

西北庄的记忆
回忆老家的几件事

一、后花园的古藤树	// 003
二、家中的三件宝	// 009
三、家乡的解放和两次被抄家的经历	// 012
四、爷爷与牧牛山和村小学的故事	// 019
五、令人尊敬的奶奶	// 023
六、胜似父亲的叔父	// 037
七、我的外祖父刘岐峰	// 047
八、我记忆中的老家和西北庄村	// 057
九、我的母亲刘梅婵	// 072
探秘父亲的老家西北庄	// 081
后记	// 114
参考文献	// 116

西北庄的记忆

回忆老家的几件事

我的父亲年轻时——那时他比我现在还年轻

一、后花园的古藤树

我的老家是山东省威海乳山市城北镇的西北庄村，中华人民共和国成立前，全家人才完全离开这里，奔向全国各地。所谓全家，实指奶奶、母亲、弟弟和我，因为我的父亲（张星五，字文奎）、叔父和哥哥早就离开了家，奔赴全国各战场。抗日战争开始后，我们一家人再未团聚过，以奶奶为首的这个家，从未留下一张全家福，真是一桩憾事。奶奶活着的时候，只把九个孙子和孙女的照片摆在一起，挂在床头前，不时看一看。但是家人无论在哪里、有几人相聚，都会谈起故乡，谈起故乡的人情，谈起故乡后花园里的两棵古树。古藤萝树和古瓯柑树（学名小叶朴树）缠绕在一起，构成附近多个村的一大景观，这两棵古树到底有多大年纪，连我的老祖母也记不清楚，她说不是我爷爷栽的，也不像我老爷爷栽的，因为嫁过来的时候，这两棵树就这么大了，好似没有怎么长。

尤其是藤萝开花的季节，紫色的像花灯一样的花朵从天而垂，最长的花串可达半米多，引来多少蜜蜂和蝴蝶。就是那个交通很不发达的年代，也会引来外地人观花，那景象真使人看了着迷。美丽的花朵又是一道美餐。把含苞未放的花朵摘下来，用水一焯，可以包饺子和包子，味道比槐树花还要好，据说很有营养，能清热解毒，更主要是物以稀为贵。每到开花季节，我老奶奶会说："刀鱼汛又来了，准备好肚子，好吃鲜刀鱼了！"并让我们用长长的竹竿扭摘下一些花送给邻居尝鲜。所以藤萝开花的季节我一生都记得很清楚，并和吃刀鱼挂起钩来，也想起了老祖母的音语笑容，回忆起童年的幸福与快乐。

十几年前我路过乳山，顺便回老家看看，老家我都认不出来了，真是沧海桑田，房子矮得真有些举起手来就能触到房檐之感，街道变得狭窄弯曲，河边那眼清澈的井也弃而不用了，当年它是何等繁忙呀……走在大树底下，用手抚摸着这两棵大树，我立即跨越了时间通道，回到了童年，一幕幕的景象和人物在眼前浮现……临走时我恋恋不舍，又看了一下县政府在树下立的那块石碑，关于张太公后花园两棵古树的传说，张太公就是我的老爷爷（曾祖父张昇裕），我父亲的爷爷。

我小时候没有听过这个传说，也没有听我的老祖母讲过，它是怎样传承下来的，我也摸不着头脑。后来我到北京与哥哥（张贤）和叔父（张潭）谈起这事，他们都不知道这两棵树是谁栽的，小时候也没有听过这两棵树的传说，叔父只是讲过这藤萝树他曾托人查询过，是全国家养树中最大的一棵。树龄多少，他也搞不清楚。我对他们讲过，小时候还未上学时，我得过一场很重的痢疾，差一点死掉，躺在炕上好几个月，白天大人出去干活，只好把我一个人留在家里，睡醒之后经常看到一个小男孩站在窗台上向屋里看，总是逗我玩，只要我示意，他就会从窗棂钻进房里（那个时代的窗户是不能打开的，窗外是糊窗纸的），到炕上和我玩，从不说话，但我们玩得很开心，他头两侧扎着两个冲天鬏，很精神，身穿干净的天蓝色衣服。一听到大门和二门的响声，就知道大人回来，很快跑掉了。进来时走窗缝，走时总是下炕到有灶房的房间，那里有南北两个门，向南到院里，向北到后花园。我的病渐渐转好，能下炕了，他还和我一起捉迷藏，但我从来没有捉住他。我还回想起上学后一年秋天晒地瓜干的季节，母亲把选好的熟地瓜切好，放在后花园的草垛上，天黑了，她让我取回来。在朦胧的月色中我又见到生病时的伴侣，他与我捉起了迷藏，时隐时现，我一直追到后花园的东大门，他才不见了……现在回想起来，这些都是幻觉，是梦吗？我也不知道真正的答案。

我又想起1964年胶东根据地的大饥荒，人们上山挖野菜度

这些都是幻觉，是梦吗？我也不知道真正的答案

荒，把榆树叶都捋光了。村里许多大娘大婶们找到我奶奶说瓯柑树叶子嫩时可以吃，是否可以打开园门让人上树折下一些树枝充饥，我的老奶奶欣然同意。这样好多人都集在树下，拿着小筐准备捋树叶，用竹竿钩树枝，因为太高够不着，其中一个十几岁的小女孩叫小嫚，她会上树，爬到树上把树枝折断，下边的妇女捡着捋树叶。突然小女孩从树上掉下来，她是由树上落在园墙上，又从园墙掉到墙外的石条上，再滚到地上，这园墙有两米多高，石条是村民午休歇脚的地方，也有半米高。小女孩当即昏死过去了，这时许多大娘大婶们就喊我："赶快找一个大瓢，救人！"我迅速跑回家找了一个最大的瓢，这些老太太用大瓢罩住女孩的头，一边用手拍打瓢，一边大声喊她的名字。过了一会儿，小女孩苏醒过来了，身上没有大伤，只是擦破一些皮，醒后她的第一句话是"我要回家"，还说她正在折树枝时有一个穿黄马褂的人把她推了下来，之后就什么也不知道了。大家一看这情景，就赶快收兵回家了，再也没有人提捋树叶的事情。我发现从此之后，很多人都不敢到后花园，有些心怵。而我却一点儿没有害怕，事后好几天还跑到大树下观察。我还好奇地问过奶奶，我怎么就看不见那人呢？大概是小嫚摔迷糊了吧。

  我还记得，大概是1949年的春天，济南战役已经打完了，要修复济南到青岛的铁路，需要枕木，在胶东地区到处找树做枕木，有一大帮人来看瓯柑树，当时我不懂什么是枕木，用它来干什么？但我觉得这树锯了太可惜，我要拼命保护它，当着大伙儿的面哭了一场。后来就得到消息，树不锯了，因为这两棵树是附近的风景树，还有好多年历史，锯了一棵另一棵就会死的，县里一再研究后决定不砍了，于是我们一家人如释重负。不久，父亲派人接我到济南上中学。在潍坊乘火车时,我才知道什么是枕木,什么是火车。到了济南见到父亲,我告诉他的第一件大事就是这两棵树保住的经过——是全村老百姓坚决不让锯这两棵树!!!它们已经不是纯属张家的了,而是全村人的!!!听说后来大炼钢铁时,花园里的许多树都被砍,用来炼钢铁,又是全村人出面把这两棵树保护了下来。

我离开老家已经六十五年了,是在 1949 年春天,时间与中华人民共和国同龄,所以记得非常清楚。因为老家没有直系的亲属,所以很少回去。但老家的景象在我脑子里是扎了根的,多少次梦回故里,老家的后花园、后花园里的两棵古树、老家的房子、老家的人……

※ ※ ※ ※ ※ ※ ※ ※ ※ ※ ※ ※

春节时,儿子从北京回来,带回一件宝贝,是老家古藤的一段树枝。这树枝是他的一位朋友到乳山旅游带给他的。是他告诉朋友,我是乳山西北庄人,老家儿子从未去过,只知道老家后花园里有两棵古树长得很高,请朋友去看看,拍几张照片给他。看到这段古藤树枝,又勾起我梦牵魂绕的思乡之情,争取今年一定回去看看。

○○○ 未曾归去的老家——西北庄的回忆

朴树依然健在，但有些倾斜，藤树折断后已然重生

张洪义

2014 年 3 月 16 日

二、家中的三件宝

小时候，我总觉得我们家与别人家有点不同，父亲和叔父长期不在家，抗战以后都在外地参加了革命，家里人只好说在外做买卖。老奶奶是家长，母亲对她很好，很尊重，带着我们三个男孩，当时比我大四岁，也才十多岁的哥哥成了家庭的代表，参加亲朋好友的宴请和社交活动。我们是典型的乡村人家，住在一个不到百户的山村中。在大门的上方高悬着一块金字大匾，据说是清朝州政府送的，依稀还记得四个金字是"節勵（节励）冰霜"，两侧有竹子图案，也是金色的，落款已记不清楚了。这块匾一直挂着，与高高的石阶相配，显得很大方、雅致。匾牌左上方屋角处常年筑着家燕的窝。我的家乡是偏僻的农村，但村风很好，小孩再淘气，也从不破坏家燕的窝，谁家的门楼和房檐下有燕子筑巢，都看成是喜事。老奶奶告诉我们春燕回来是寻归巢，每逢春燕返巢，我们都当成一件大事，知道燕子平安回来了，预示着家景兴旺平安健康，是大喜兆。这门口的金字匾牌就算是我们家与别人家不同的第一件宝吧。

我家的第二件宝，就是在北场园（打谷场）路边上的一块高大的汉白玉圣旨碑，这碑是我家和我堂伯父家共有的。碑文很多字记不清楚了，碑由三部分组成，碑头有盘龙浮雕和"圣旨"二字，碑身前后有碑文，碑座也由一块很大的石头雕成，是当年清政府立的。据说是我的曾祖父张昇裕幼年父母早亡，由他的长嫂抚养成人，曾祖父长大后发家致富，又养育了四个孩子——两个儿子即我的大爷爷（张元顺）和我的爷爷（张元焘）以及我的两位姑奶奶，他们都成家立业。我的老爷爷向清政府申报了老嫂的功德，经清政府层层筛选批准，才立了这块圣旨碑，州政府也送了匾额，以资崇仰这种精神。

现在应该怎样看待这两件宝，是简单地否定，认为它们是封建的糟粕、遗毒，不值得保留，不值得提及；还是用客观历史的眼光，具体事情具体分析，符合情理地对待这件事，从中继承好的传统，取其精华而扬弃糟粕。我的老爷爷（曾祖父）一辈是普通的农民，家里不富裕，据说很穷，当然更不是官府衙门的官员、大人。我的大老太家也不是大家闺秀，在丈夫去世自己又无子女的情况下，培养教育失去父母的幼弟成人，成为一代楷模、举国学习的榜样，所以清政府出于表扬这种精神才立了这块圣旨碑，这与一般所谓的"节孝碑""烈女碑"是不同的，一般的节孝碑和烈女碑是封建礼教的产物，属于封建之列，应该反掉。但像我大老太这样的农村妇女，做了这样的大好事，不应该宣传表扬和继承吗？我们现在的社会不是也表扬道德模范吗？当时的这块圣旨碑也可以说是表扬全国的道德楷模。这样一个小小的村庄，当时能得到这样一块圣旨碑，不管那个清政府是怎样腐朽，但我大老太的这件事是顺了民意民俗，做对了。这件宝是应该发扬光大的，以此教育后人。

我奶奶曾经对我讲过，我大老太为人和气，胖胖的，又能吃又能笑，活了很大岁数。因为她没有儿子，我老爷爷就把自己的大儿子过继给她,所以我的大爷爷就成了她的继子。这是多么一个美好的故事,我觉得不应该忘记它。

我家的第三件宝就是我说的后花园里的古藤树,我在另文中已有所描述。

张洪义

2014 年 3 月 28 日

三、家乡的解放和两次被抄家的经历

还没上学之前,大约是1941年秋天,国民党杂牌军赵司令(名字不详,后经查《红色乳山》应为赵保原)占领我的家乡,司令部设在地主张松岩北街的新屋里,周副官就住在我家的西院,离司令部只隔着一条小胡同,非常近。小学校变成了兵营,教室的北窗下就是张松岩的菜园,园墙高高的,外边的人看不到里边,菜园东北角修了一个炮楼,在上边可以看清楚东南西北四个方向。东边有条由北向南穿流的小河,将整个村子劈成东西两半,从炮楼可以看清东村的全貌和西村沿河的南北通道;向西对着西村的北街,整街的情景一目了然,它的西北方有一眼井,西村所有人家都饮用这眼井里的水,水质很好,甜甜的。我家靠河边住房的东侧还修了一个岗楼,人们出村下地和上井挑水都要经过岗楼大兵的检查。一时人心惶惶,仿佛就要打仗了。这仗到底和谁打呢?是个谜。可是我们小孩子觉得很好玩,这一切都很新奇,大兵的晨操晚练都是我们争相观看的内容,开始是驱赶群众,但后来无奈之下,也只得让赖着不走的孩子们观看。从那时起,我才知道什么是长枪、马枪,什么是歪把子机关枪、手枪和匣子枪,什么是手榴弹和掷弹筒……

赵司令的门口有两个战士站岗,我家的大门口也因为周副官的居住而有一名士兵站岗。时间一长，同出一个大门，就与周副官的小警卫员搞熟了，他不大，大约也就是十六七岁。有一天，他在门口碰见我，就神神秘秘地给我讲故事。他说："你听说'共匪'了吗？"我摇摇头表示没有听说过。他说："'共匪'可吓人了，一手拿着大刀片，一手拿着手榴弹，一边打仗，一边跳舞。"我很好奇就问他见过没有？他说："没见过，是听老兵说的，前些时间在东边老母猪河我们部队就与他们打了一仗，我们打败了，就到这边来了。"

吃晚饭的时候，我突然问母亲："什么是'共匪'？"这可把我母亲吓了一大跳，听我说完全部的故事后，她才松了一口气，笑着对我说："别听他瞎说，哪有那样的人。"

第二天我又碰到那个小警卫员，就对他说："你就瞎编吧，哪有那样的人？"他很认真地对我说："真有，真有！过几天可能就打过来了。"

我又把这话对母亲讲了一遍，母亲很惊恐，把我们弟兄三个叫来郑重地说："你们不许再听再传这种消息，对谁也不许再说，听

小警卫给我神神秘秘地讲故事

见没有！"我们从来也没见她这样厉害过，都表示绝不外传。

又过了几天，我家西院的周副官突然搬家了，搬到村西头靠山脚的一家去住。我在街上又碰到小警卫员，他对我神秘兮兮地说："你们家闹鬼，每天晚上半夜有几个黑汉子在房间里走来走去，害得副官太太不能休息，所以我们就搬走了。"

我回到家里又把他的话讲给奶奶和母亲听，仿佛她们也听到了什么风声。奶奶安慰我们，咱们家哪有鬼，我都活这么大年纪了，从来也没看见过，不用怕。还告诉了我们一个不怕鬼的窍门："你们男孩子火力旺，害怕的时候，就用手扒拉头发，夜间都能发出火花来，鬼一见就吓跑了，这叫阴怕阳。"后来我用这种方法闯过了好多恐怖之关，是行之有效的。人到十分害怕的时候，头发就要炸（竖）起来，叫作头发梢子发麻，这个时候你用手摸弄头发，自然会缓解紧张情绪。

快到过年了，天蒙蒙亮时忽然听到枪声大作，手榴弹在院子里爆炸，母亲急急地把我们叫起来，穿好棉衣，把我和弟弟安置在灶膛靠屋门的角落里，上面斜放上木板或木质锅盖，让我们不许动。她和哥哥又跑到奶奶屋里，让她穿好衣服躲在炕檐下。这时庭屋通后花园的北门有人拆砖（因为冬天防北风吹屋，这个门用砖砌以后再涂上泥，以此保暖，天暖和了这个门就打开，直通后花园），有人喊话："老乡，我们是八路军，是抗日的，不会伤害你们，快把门打开吧！"奶奶和母亲一商议，认为绝不是土匪，就把门打开了。进来的士兵担着刺刀，搜查了各屋，看到我和弟弟藏的地方，还笑了笑，说了声挺会藏的，就冲到南倒庭和东厢房打仗去了。天一亮战斗就结束了。伤员和死人全都抬走了，听说双方死伤不多，国民党杂牌军是通过西山跑到胡八庄，一起向南逃到黄村去了。

我们村就这样解放了，碉堡、岗楼和围墙也都拆除了。有人问这不是为了抗日才修的吗？八路军说这是国民党为了防八路军修的，日本人离这里还有百十里地呢。周副官造出我们家西院闹鬼的故事，真相也就大白了，因为我们家的地理位置易攻不易守，战前借口搬到西山根下，是为了便于与胡八家敌人会师南撤，这是早就计划好了的。但我家西院传出闹鬼的名声后，很多人晚上都不敢进去了。

大约是1942年的春天，一天下午我正在院子里玩，一群国民党士兵冲进来，担着刺刀各屋子搜查，之后一个军官进来，戴着墨镜，手里拄着一个军棍，好似军棍上还缠着军旗，穿着很漂亮的军装，武装带上有一支小手枪，显得很威风。他问我："你是这家的孩子吗？你妈妈在家吗？"一摆手让士兵们都离开了。当我母亲从屋子里慢慢走出来，宁静地注视着他时，这个军官摘下了眼镜，喊了声大姐，我母亲很有礼貌地请他到屋里说话，并叫我待在院子里玩，有事就喊她。说了不长一段话，这军官就匆匆地走了。他走之后，母亲心神不安，一直不和我们多说话。后来我们才知道他就是林成佑（音），是姥姥家一个舅舅女儿姜秀云（即秀姑）的丈夫，原来是文登县委书记，后来投靠国民党顽固军三旅旅长丁绰廷和秦毓堂，当了参谋长，叛变后杀了好多人。因为我的大舅刘经三在1932年就是胶东共产党的县委书记兼武装组织指导员，林是认识的，他也知道我母亲是共产党，帮助我大舅工作过。由于这层亲属关系，他没有出卖我的母亲，这次借机抄家是告诉我母亲一定要把党证烧掉，以保安全。我母亲实际没有听他的话，把党证用猪膀胱包起来，藏到后花园大树旁墙中的石头缝里，生怕别人发现，藏得很深。之后母亲总是惶惶不定、心不在焉的样子，她担心的事情终于发生了，就是第二次的大抄家。

○○○ 未曾归去的老家——西北庄的回忆

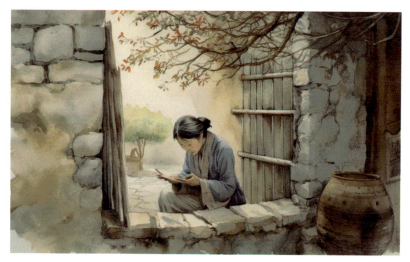

母亲找出党证，准备小心藏好

母亲事前有所警觉，就一再叮嘱我和哥哥，再碰到抄家的事，一定要躲起来，千万别回家，不要说是咱家的孩子。一天近中午的时刻，果然一群国民党的士兵冲进我家，幸好我和哥哥都藏在邻居家里。我藏在我的干妈宿（音）子大爷家，哥哥藏在他的干妈振寿大爷家，奶奶和母亲被抓捕，用绳子绑着，要押到黄村去，口口声声说："这是老八路家，是'共匪'。"当时，黄村是国民党顽固军的匪窝，杀人不眨眼的丁绶亭、秦雨堂盘踞在那里，黄村的沙河滩活埋、枪杀和刀砍了许多共产党人和抗日志士，以共产党名义被抓到黄村去的人基本没有活着出来的。由于我家的人缘好，许多百姓跑到河边求情，再加上我小弟弟（张洪传）哭着、喊着。这惨烈的场面，后来立刻由全村最有名望的段州臣伯父出头，通常乡亲都称他为"先生"，找到张松岩和我的堂伯父张建堂三人出面，以全村的人头作保，才保全了性命。当我和哥哥回到家里的时候，看到的是一片狼藉，奶奶和母亲都在哭泣，已无力做饭了，还是邻居们帮忙收拾东西做饭，才把情绪安稳下来。

自此以后，我们家就人心惶惶然。每到晚上母亲就把我和哥哥送到离家较远的村民家去住宿，我去过村南头国义叔叔家和西村陈大官叔叔家，当时这两家的老奶奶都还健在。千叮万嘱我们，有查户口的，就说是这家的孩子。后来我们问母亲为什么不让小弟弟也藏起来？母亲说："我俩可以死在一起，保住你们两个就行了。"

再后来，我们那里变成真正的共产党领导下的抗日根据地。天晴了，解放了，村民也就自然知道，我的父叔不是在外边做买卖，而是八路军。

无巧不成书，下边一段内容，是不为众人所知的一段历史。黄村解放，是大快人心的好事，叛徒林成佑也被抓住了。到了初冬季节，他被辗转押在我们西村的临时监狱里，因为他是死刑犯，看管得很严，犯人的消息是保密的，一般露不出来的。但突然有一天，林成佑的妻子，母亲的表妹秀姑来到我家，说林成佑就关在我们村的监狱里；但冬天到了，天气太冷，还是想送一些棉衣和被子给他，请我母亲想办法。秀姑是我母亲做姑娘时的闺蜜好友，又是亲戚，又念及林成佑这个大叛徒没有出卖她这个事实，就一口答应了秀姑的要求。然而母亲直接送去碰壁了，后来是母亲找到了我二姑奶奶的儿子张泽叔叔（他本姓段，参加革命后随母改姓张，中华人民共和国成立后他当过河南开封的法院院长和河南省民族事务委员会的主任，我们戏称他"包公叔叔"），他1937年参加革命，时任公安局的刑审科长，最后设计了一个两全其美的方法，才由我哥哥出面，他当时只是一个十几岁的小孩，穿上大棉袄，抱着一床棉被送进去了。

　　第二年春天，林在段家被公审处决了。听到死讯后，我母亲说："他可能真是该死的，也许死一百回也应当。"但她还是在过春节时派我和哥哥带了好多东西到秀姑家里探望。这真是恨与爱的交织啊。

张洪义

2014年4月1日

四、爷爷与牧牛山和村小学的故事

我的爷爷（张元焘）是青州师范的语文老师，当时山东省有四大师范学校，即曲阜师范、济南师范、泰安师范和青州师范。他与我的外祖父（刘岐峰）是中学和师范时的同学，非常要好，读书的时候就立言将来结婚生子女做亲家。毕业后，我爷爷由于成绩优秀，留校当了老师，外祖父到东北安东（丹东）一代创业，学了中医还经商发财当了资本家，当时在安东有自己的农场，在大连、哈尔滨、天津和烟台都有自己的买卖。成功之后，荣归故里，一边行医，一边经营这些外地的产业。某些特定时期又一度被推上政治舞台，如"北伐时期"他当过区长，抗日战争时期他当过胶东革命根据地的要员，另一个要员由徐宗尧（音）担任，徐是国民党中的抗日派，外祖父本人是无党派民主人士，但他的四个子女中，有3位是共产党员，长子刘经三在20世纪30年代初曾担任过胶东共产党特委委员兼武装组织指导员。所以，他对我爷爷以及我们家的历史情况是知道的，我认为也是最真实的。关于我爷爷的情况，我奶奶是闭口不谈的，就是我们问及，她也都搪塞过去了，因为她太伤心了，在我叔父一岁的时候，爷爷三十岁风华正盛的年龄就去世了。所以爷爷的事情都是外祖父在不同场合对我们讲的。

爷爷当老师，知识分子消息灵通，民国初期为了提倡新学，政府提出公山民管创办学校的方案。也就是说将过去皇家（后为国家）所有的无主山地，可以申请由村民管理，其收入只能用于办学，建公学堂和聘请教师的薪俸。知道这个消息后，我爷爷急急返回老家，大家同意后，他亲手写好呈文，星夜赶到牟平城向官府申报。由于准备充分，言之有理，就被批准了。他高兴地与几位朋友饮酒，又回家报喜心切，回程夜行不慎跌下马来，从此伤病缠身，后英年去世。

他去世后，我们村就是用牧牛山上的柴、草、木收入，盖起来一所崭新的小学校，也是用牧牛山的收入聘请外地教师任教。这所小学校在我家的东南面一街之隔，有八间正房，其中五间是大教室，另外三间是小教室。西厢多间是教师的办公室和宿舍。院子很大，是学校的操场，院子的东南角有一座关帝庙，内泥塑关公和周仓、关平像，庙前有三棵柏树，我读书时就已经很粗了，有一个照壁。照壁南面有一条通到女生厕所的小路，学校大门朝南略偏东一点，西南角是男生的厕所。学校北边是菜园，三面有高高的墙围着。

前人种树，后人乘凉。我们弟兄三人，小学第一年都是在这所学校上的。启蒙教育的第一年是非常重要的，当时外聘的老师也都是很有水平的。

后来我想这所学校是民国初期建成的，是提倡新学的产物，为什么还在学校院子里同时建了关帝庙。直到抗战结束，这座庙都是完好无缺的，还有不少人来烧香、许愿、磕头。这庙是解放战争中土改之时被破坏的，三座泥塑被打碎运走，好在那座庙的房子没有拆，有庙无神就不称其庙了。

小时候入学之前，奶奶会领我们去拜关帝，保佑我们好好读书，取得好成绩。

抗日战争时期，我的父亲、叔父奔波在抗日战场上，她十分不放心，到关帝庙去许了愿，保佑她的家人在这场战争中不牺牲不受伤，她去虔诚地磕头、进香。抗日战争结束后，我们全家人都健康地活着，也没有一个人受伤残，她十分高兴这才说出她当时是许了愿的，这关帝庙是很灵的，并张罗着还愿，领我们一起去进香。

经过了"文化大革命"，也经过了改革开放的复兴，破四旧毁掉了多少文化古迹；富裕后的中国又在全国建立了多少庙宇和纪念古迹的建筑。人民终于认识到一个社会也好，一种制度也好，一种文化也好，一种信仰也好，甚至于小到一个人，都应该有海纳百川、兼容并蓄的胸怀，这才是真正的自信。我也豁然理解了，我们的前辈在他们所处的时代背景下，在建一所新制学堂时，同时在校园里建立起一座关帝庙的智慧真谛。

下面是几句多余的话。我的祖父是一位师范学校的老师，为创办村的公立小学而英年早逝，我为此而骄傲。我的父亲本来也是一位教师，抗日战争爆发后，为了救国投笔从戎，以后才当了国家干部。而我是中华人民共和国成立之后，培养出来的知识分子，一心想工业强国。上海交通大学毕业之后，也先留校任教，后到哈尔滨军事工程学院任教，没想到一辈子当了大学的老师。我的儿子是学建筑学的，本来想在设计院里工作，但清华大学博士毕业后也最后下了决心在北京一所大学任教。直到现在他是我们这个家族中的第四代教师。现在我的孙女和外孙女都还小，正在读初中和小学，我希望她们其中的一人，尤其是孙女也能当个大学老师。这样她就是我们这个家族的第五代教师了，用这种方式来继承爷爷的遗志。

有人要问为什么我希望孙女或外孙女当大学教师呢?我认为教育分三个层次,小学是启蒙教育,中学(包括初中和高中)是基础教育,大学是高等教育,也就是专业性的学科教育。文化发达的国家是免费的十二年普及教育,这是每个人都应该和必须接受的教育,这个教育很重要,是基础,但不是专业性的学科教育,只有自身受过高等教育,并在自己所喜好和选择的学科中进行研究和教学,才能真正体会到王国维老先生所说的"昨夜西风凋碧树,独上高楼望断天涯路""衣带渐宽终不悔,为伊消得人憔悴""众里寻他千百度,蓦然回首,那人却在灯火阑珊处"的滋味。教书育人既能看到人才的成果又能看到学科研究的成果。所以我希望她们经过自己的努力,能在好一些的大学中任教。

张洪义

2014 年 4 月 10 日

五、令人尊敬的奶奶

家庭中我最敬爱的是奶奶,我认为她才是我们家中的精神领袖。

我的奶奶与同时代的妇女有点不同,那时候姑娘出嫁之后就没有自己的名字了,通常称某某氏,第一个姓是丈夫的,第二个姓才是自己的,无自己的名字只用一个氏字代替。而我的奶奶却有一个响亮的大名——段竹三。她是一位秀才的女儿,这位秀才有5个女儿,她是这五朵金花中最小的一位,最受喜爱的,也是唯一在他身边受过文化教育的,她不仅能够读书识字而且还能看懂古文,很聪明,有"过目不忘"的本领。她是1984年秋在北京去世的,叔叔说她享年97岁,如此推算,她应该是1887年出生(后来墓碑上刻的是1888年)。我小时候就知道奶奶是农历六月六日生日。这天依山东的习俗是小麦丰收之后要为兔子过生日,家家户户用新小麦磨的面粉蒸面兔子。而我们家的习惯是到后花园采集不同颜色的百合花,用发好的面将花粉揉在面里,蒸出不同颜色的兔子,又好吃,又好看,又有营养。这一天很高兴,也为老奶奶过生日。

胶东乡村的习俗,小年这一天要在自己的院子里搭起天地棚,敬奉天地神,同时也把老祖宗的神主牌请到供桌上进行供奉。所谓神主就是死去人的牌位,用一块木板写着死去人的名字,是夫妻的用一个盒子摆放在一起，一目了然，不同辈分摆放的位置不同，血缘关系清清楚楚。每逢过年，也是孩子们学习家族历史的好机会。我爷爷的牌位屋里，摆进四个牌位，其中一个牌位没有写字是空字位。我们很好奇，为什么爷爷那里有四个牌位？为什么还有一个牌位没有写名字？母亲解释说，你们爷爷有三位妻子，去世一位再娶一位，前面两位都去世了，所以写张马氏、张刘氏，那个没有写名字的是因为你们的奶奶还健在，所以不写名字。对于这种解释，我们很满意，觉得我们的奶奶多好，现在还活着。其实到了很大很大以后，我们才知道我父亲的母亲是张马氏，父亲很小的时候她就去世了。我的第二位奶奶是张刘氏，是庐上刘姓大地主的女儿，由于爷爷学问出众名声好，主动要将其女儿嫁给爷爷做续房，定亲之后，尚未嫁娶女方不幸得急病去世了，按照古风，也将其逝去的女儿嫁过来，举行了隆重的仪式，棺木放在我家的坟茔地里。待我爷爷之后又娶段家姑娘的时候，刘家主动认段竹三为干女儿。直到1949年奶奶离开故乡前，两家一直都走动着。我小时候还随同奶奶去庐上刘家给"大舅老爷"过周年祭祀。

奶奶嫁到我们家，第一个任务是抚养我的父亲（1905年生），第二个任务是侍奉她的老公公（我的老爷爷），因为我爷爷在青州师范教书，长期不在家，老爷爷体衰多病。结婚多年后，1912年才终于生下我叔父，叔父不到一岁时，我爷爷就英年早逝。又过了几年，老爷爷因受爱子早逝的打击，也去世了。家景从盛到衰，落到了谷底。而奶奶那时只有26岁，从悲痛中坚强地站起来，承担起家庭复兴的重任。在苦难中她认定家庭要复兴，必须从培养人才开始，下定决心卖土地供孩子上学。我的父亲和叔父都接受过良好的教育，当时村里只有小学教育的条件，要读高小、初中、高中、专科学校和大学都要离开家乡,但奶奶都咬紧牙关坚持着,这条路是很漫长的,从山沟里把两个孩子培养成知识分子,多难呀!直到我父亲师范毕业以后与我的母亲(刘梅婵)结婚,这个家才像一个家的样子,当母亲生下我们兄弟三人时,这个家才又生机勃勃充满活力。但好景不长,叔父还在北京燕京大学读书时(后该大学美术系改为北平国立艺专,成为中央美术学院的前身),"一二·九"与"一二·一六"的学生运动时他就参加了共产党,成为该校的袖人物,全面抗战爆发,即"七·七"事变后,这群党员学生离京参加抗日,与家完全失掉联系。我的父亲为了抗日,也不教书了,投笔从戎,当时是抗日统一战线时期,他先就近参加了国民党的军队,因为他是知识分子,能演讲,又写了一手好字,就委任为宣传大队长,负责部队的宣传工作,但他很快发现这支国民党杂牌军不是真心抗日,而且生活很腐败,他就丢掉行李不告而辞了。跑回家后在我母亲的支持下,通过文登共产党县委开介绍信,与几位教师一起越过胶济铁路到鲁西参加了八路军,整个抗战时期没有回过一次家,也与家庭失掉了联系。这样我们家只剩下我的老祖母和我的母亲领着我们三个孩子共五口人过日子。我的奶奶始终贯彻着人才兴家的理念,没有因为我父亲和我叔父读书成才之后没有顾及家庭而后悔,也不因战乱的纷扰耽误我们学习,而且是更严格地要求我们,鼓励我们好好读书,长大了飞出去。我们弟兄在上小学之前就认识了好多字,我记得我上小学之前就会按照"尺牍"的格式写信了,当然这是虚拟的,不邮的,是模拟的一种锻炼,当我们写得好时,总是受到奖励和口头表扬,所以我们从小文学水平就比较突出。奶奶在闲暇时,尤其是冬天,让我们坐在炕头上为我们讲故事,讲得最多的是《岳飞传》《三国》《石头记(红楼梦)》《西厢记》等,

奶奶给我们讲故事

有些段落她都能背下来,我们非常爱听。她从不讲鬼怪的故事,也不让我们去听别人讲的,从她讲的故事中我们多少学习了一些中国历史、中国文学、中国的伦理道德,把儒家的四端:"没有恻隐之心,哪有仁;不知羞耻,哪有义;不知谦让,哪有礼;不明是非,哪有智"讲得很透彻。提倡"国家有难匹夫有责"和"精忠报国"的责任,正义精神,以及佛教中的因果关系,要相信因果,"好有好报,恶有恶报,不是不报,时候未到。"要求我们多做好事,不做坏事,将来有个好报,同时也要求我们日常生活中勤俭不浪费粮食和水。并编了很多生动的故事讲给我们听。

我奶奶处事大度,有眼光,乐于助人是出了名的,年轻时,灾难一个个接踵而来,她能顶得住,挺过来,这足以说明她有坚强的毅力,我忽然想起一句论语:"士不可以不弘毅,任重而道远。"奶奶的坚毅就是出了名的,源自她有眼光,有博大的胸怀,思想中总是充满希望，这希望之光也从来没有熄灭过，所以她能活着坚持住挺过来。1944年春天以前说叔父参加了共产党八路军，她总是有点半信半疑；而我的父亲参加八路军，她心里是明明白白的。直到同村振义叔叔，因负伤从太行山返乡的路上碰到了我的叔父和婶母（林楠），他们二人是在奉命去延安抗大学习的路上，叔父写了一封亲笔信，托他带回家。信上说他做棉花买卖，已经成了家，还有个儿子叫子英。后来知道这个孩子在行军路上送给了老乡，胜利后再也没有找回来。振义叔叔把真实情况告诉了奶奶和我的母亲。奶奶才心里落下一块石头，知道人还活着，已结婚生子，还是八路军的干部。她高兴地把家里的牛卖了，还卖了不少东西和几亩地，一共买了十几支步枪捐给八路军抗日，为这件事她还上了胶东办的小报，称她为抗日模范。她高兴地对我们讲，"我也为抗日作贡献，支持你爸，支持你叔，不能落后啊！"

好像是1946年春天，胶东闹旱灾，青黄不接季节，有些家庭无奈带着孩子要饭吃，奶奶看到这种情况与我母亲商议，留下自己吃的粮食，剩下的全部粮食都捐出去，救人要紧，办法是凡带小孩到我家讨饭的妇女，都能得到一些粮食和生地瓜干，直到发光为止。奶奶坐在院子里接待她们，唠唠家常，鼓励她们挺过难关。奶奶成了四邻很多村子人人知晓的大善人。不是灾荒年份，奶奶对讨饭的妇女和孩子都格外同情和关心，请她们到院子里坐坐，唠唠家常，供水供饭，走时还送给孩子点小吃，如熟地瓜干和炒花生、红枣之类。善人这好名称是天长日久积累的，不是沽名钓誉之作为，因为对她而言完全没有必要，这完全是出自内心的善良。我们村里有些家庭纠纷，往往请我奶奶去"说和"，因为她威信高，又因为她是女性中有文化的，大家都尊重她的"说和"。"说和"，说和为和而说，说出个道理来，各方都接受，都能认可，这样的"说和"才能生效，才使人佩服。

土改中的一段小插曲。我父亲我叔父都是抗日战争初期就参加革命了，哥哥1946年也参加了东野特种纵队。土改前只好雇了一个老长工种了近二十亩地，维持生活，多余的二十几亩地租给别人，老家里的正式常住户只有四口人，我奶奶、我母亲加我和弟弟。这个成分到底怎么划法呢？这个家一共是七口人，三个在外革命，两个小孩，两位妇女。而母亲是由于我们兄弟三人都小的客观原因未能离家参加革命工作。这个家的成分很难定，但是地和房子还是比普通人家多了一些，听说是经县里反复研究请示决定让多余的地和房子等由主人自动地捐献出来，只把我奶奶一人定为"富农"成分，土改后仍留下二十多亩地，由村里的村民代耕——这是对军属的一种待遇，也解决了不用雇工的问题。奶奶和母亲非常高兴，就把多余的地和西院住房捐了出去，还把多余的家具也捐了出去，母亲还主动把自己的嫁妆捐了一半，留下立柜，桌子和箱子几件自用。奶奶的家具搬走得比较多，因为有三房奶奶的陪嫁。本来这都是事先说好了的事，奶奶也愿意，但是当要到东厢房搬一个立柜的时候，她哭了，哭得很伤心，便从这个柜子里抢出一包东西，搬柜的人拿来一看，是一包砒霜，是毒药，这震惊了许多人，这老太太要寻短见啊！后来柜子也不搬了，人都撤走了。母亲仔细地问奶奶这是怎么了？奶奶哭着告诉母亲，这是父亲亲生母亲的嫁妆，她舍不得捐，想留个念头。这话她不是当着我们讲的，是只对着我母亲讲的，因为我们小的时候都不知道她是我父亲的继母。

1948年的春天，我正在石头园小学上学，华东野战军要招收一批小孩入伍——当机要密码员，我被推荐选中了，要求是家庭出身好，记忆力好，识字多。一帮军人和当地干部到我家说明情况，动员入伍。对家长说："这些小战士，不是上前线打仗，入伍以后就有警卫人员守护，行军中骑大马，跟随大机关行动，有人照顾，家长放心。"

这桩好事却出人意料地被我奶奶一口拒绝了，她讲出了一番道理："我家现在有四个人上前线，除我两个儿子外还包括我二儿媳，我的大孙子十五六岁就参军走了，这个孙子才十一二岁，你们又要他去当兵，我们家连一个大一点的男孩都留不住，我不是想把他留在家里，我是想叫他读书，他天资好，一定能把书读进去，打下天下不是要建设吗？不读书怎么行，我要留下他来，供他读书！"来的人不好意思说什么，就默默地走了。

我放学回家，母亲把这情况给我讲了，我还埋怨奶奶，不让我去当兵、骑大马。

1949年春天，济南战役结束不久，在此之前我的父亲和哥哥都参加了济南战役，而且在战场还见过面，当时父亲在华东野战军财委工作，哥哥刚刚从华野第九快速纵队炮校毕业，济南战役是他的首战实战演习。在南下的路上，父亲的车队遭泰安国民党军的炮击，他突发心脏病，被送到济南治疗，病愈后留济南市政府工作，是敌产清理委员会的负责人之一。工作一稳定，他就派人回老家接我到济南上中学，但当时济南的局势并不够稳定，社会也不安定。父亲与叔父电话联系，认为我应该跟随奶奶到东北去读书更合适，因为东北局势已定，可以到一个好一点的学校读书。这样我就又被送回老家，打算与奶奶一起坐船到东北上学。我从济南坐军用卡车到潍坊兵站，再乘军用卡车到烟台，由烟台再乘车到夏村（即现在的乳山市），由夏村步行回家。一路上很辛苦，花了大约一个星期的时间,到每个兵站都不能马上走,要等车,吃住是不要钱的,因为我有介绍信,一路上也涨了很多知识。

奶奶是个急性子,我回到家里,她就紧锣密鼓地准备带我到东北读书,不等叔父派人来接我们就上路了。我们恰巧碰上了1949年夏季的大台风,差一点送了命,在路上耽搁了半个月,奶奶才见到了十二年未曾见面的亲生儿子——我的叔父。

事情具体的经过是这样的,我和奶奶乘马车来到烟台,住在外祖父开药房的店里,本来可以买到大连的船票,再坐火车到沈阳,但是外祖父见多识广,说不用走大连,因为大连是被老毛子(苏联)占着的不方便,还是从安东(丹东)走比较好,那是我们解放军自己的地盘。我们就听了他的话,买了到安东的船票。上船的那天晚上,由于我和小朋友贪玩——弹玻璃球,耽误了上船,只好回店里等消息。晚上八九点钟来了电话,说是还有最后的第三艘船要开,我们就急急忙忙上了第三艘汽船。船上共有 97 人。我们去晚了,只好在机器端头找了个地方坐下。柴油机大飞轮滚动着嗡嗡响,使人厌烦,奶奶晕船就先躺下了。到第二天拂晓的时候,狂风暴雨大作,一只载粮的木船失去了控制碰到我们坐的小铁船上,木船翻了,把我们船尾后的厕所都打掉了,船开始漏水。当船主吵吵着唤醒旅客时,我们的住舱也已经进水了。船主喊着:"旅客穿好衣服,我们的船要遇难了!"在这紧要关头,奶奶却嚎啕大哭地对我说:她做了一个梦,她的公公拄着拐杖,怒气冲冲地对她说:"你把我的重孙子带到哪里去!"避风状态起锚已不可能了,因为风太大,只好一面开动机器,一面砍断锚绳,利用风势向广鹿岛开去——岛上两个小山之间是一片沙滩。

西北庄的记忆——回忆老家的几件事

我们的船被风浪冲上海滩

终于，我们成功上岸。我们乘风破浪后被冲上沙滩，下船时脚下已无海水，船儿离开海岸还有好远，好远。

人得救了，但是船搁浅了，所有人被安置在一所小学里住下。问题是现在的船儿进不到海里走不了啦。广鹿岛当时被苏军占领，只能用苏联币。船主只能以货为币，雇民工开渠引船，等到大潮时将船拖入海中。这一等就是十来天，钱不好用，真有些饥寒交迫。后来知道当晚一共向安东发了三艘船，第一艘一百多人，第二艘也有一百人，在台风中都沉没了，我们这第三艘走到广鹿岛才遇上台风，先开始是抛锚避风，后来是砍断锚绳冲滩获救。大家在这侥幸之中感到再苦点也值得。后来知道，我和奶奶是最后上船的，本来应该坐第一艘船，是我耽误了上船的时间才改乘第三艘船，人们都暗暗地说：我是最有福的，救了大伙的命。后来这话传来传去传到被我们船碰沉的载粮木船老大耳朵里。他们的船沉没后，三个船员游泳也登了广鹿岛。一天早晨，在海滩上船老大碰到我，就很客气

祖孙二人碰到三个水手，船老大向我们打招呼

地问:"小弟弟你在干什么?我想找点海物煮着吃。"他又问"你还带着一位老奶奶吧?"验证之后,他直接带我和奶奶到他们那里吃饭。开始几天我们都不好意思去,每顿饭他们都过来请,后来终于定好,不请自来。就这样,我们祖孙两人度过了人生路上最漂泊的十来天,也碰上了好人,没有挨到饿。

大潮来了,船又下水了,一直开到长山岛。木船的船长要和我们铁船的船长"对簿公堂"。船就停留在港里,为了吃饭让我们乘小船上岸"化缘"。看到岛上台风过后,满目凄凉,几乎是家家设灵堂,有些家庭知道我们是劫后余生,把许多祭品都献出来,并用异样的眼光祈求着奇迹的发生。

官司难断,乘客要求换木船到皮口,这样可以省时间。到皮口登陆以后,奶奶才能正常进餐,因为她晕船晕得厉害。第二天一大早我们就奔普兰店火车站乘火车。可是问题又来了,我们带的是胶东钱币,到了东北要花东北票,买车票不行了,奶奶只好把带的东

奶奶把东西摆出来,欲换成东北票买车票

西摆出来，欲换成东北票买车票。

恰在这个时候，一位四十多岁的先生，穿着很讲究，头戴礼帽式的凉帽，戴着金丝框的眼镜，上下身都穿着桑蚕丝的原色衣服，上衣上方的小兜里还有一只怀表。怀表的金链挂在相近的衣扣上，在我一个乡下孩子看来，真是绅士气派。他低下头来问明情况，就拉着我的手到售票口买了两张票，并把买票剩余的一些零钱塞到我手里，对我说了声："小弟弟坐车走吧，车快进站了，这钱路上买点东西吃。"奶奶一定要把几匹山绸布送给他，那人坚决不要，挥挥手就走了，我们只知道他姓王，在烟台工作。

到了东北以后，奶奶对我非常关心，一再叮嘱叔父给我找一所最好的中学读书。我读书的东北实验中学，是一个干部子弟学校，是供给制。她高兴坏了，一再鼓励我，好好学习用成绩说话，我在这所学校里从初中读到高中，1954年考入上海交通大学。

奶奶1949年开始与叔父一家一起生活，叔父后来陆陆续续共有五个子女，尽管有保姆照顾，但孩子们都对奶奶很好。她关心孩

姓王的先生朝我们挥手告别

子的身体，重视孩子的教育，尤其是"文革"之时叔婶都被打倒，靠边站了，孩子们的真正依托是老奶奶，不管他们是上山下乡，还是当兵，奶奶都要求他们好好学习。"文革"结束后，他们都在重点大学完成学业，所以我们凑在一起都会异口同声地说奶奶的好处。

奶奶在处理家庭事务中也能秉持公正，不留私心。"文革"之前，叔父母这对战友夫妻，革命干部家庭突然闹离婚，原因是叔父喜欢上了他的下属，闹得不可开交。奶奶知道了坚决支持婶母，把所有来信都抛进炉子里烧掉。我的父亲到北京出差，奶奶把这件事情告诉了我父亲，让我的父亲教训他的弟弟！奶奶还发动群众，让我和哥哥等已经成年的孙辈也反对叔父离婚。全家反对，叔父十分孤立，最终让步保全了这个家庭。这件事也感动了婶母，婶母本来是大家出身，又是为数不多受到重用的革命女干部，本来与叔父的其他同事比有一些居官的傲气。经历此事后她更觉得这个婆婆了不起，遇事有主意、有魄力、有办法、有号召力，对奶奶更尊重和亲近了。

说到这里，我该下结论了：一个家庭的兴旺要有一位精神领袖，他（她）不一定是高官和社会名流，也不一定要有多少知识，但是他（她）会以自己的言行作出榜样，尤其是在关键的时刻能作出明智的决定，影响家庭几代人的命运，从而备受家人的尊敬。我的老祖母，是我们这个家庭真正的精神领袖。我的爷爷不是，我的父亲不是，我的叔父也不是……唯有我的奶奶才是名副其实的，我们永远纪念她，怀念她不朽的功绩。

张洪义
2014 年 5 月 26 日

父亲的奶奶段竹三

段竹三与儿媳林楠及三个孙辈在 20 世纪 50 年代初的合影

六、胜似父亲的叔父

我尊敬叔父胜似父亲,但后来也与他产生了一些分歧。

1949年夏天我从济南(我父亲处)返回老家乳山,要跟随奶奶到东北去读书。本来应该是一帆风顺的事,却偏偏碰上了多年来最大的台风,在海上折腾了近半个月的时间,终于在有记忆后第一次见到了叔父。他说:"离家时,你还不会说话。现在都要上中学了,时间过得真快。"我站在他面前仔细端量着,叔父个子高高的,说话多少有些结巴(口吃),心里想这就是我的叔父吗,和父亲的样子也太不一样了,一个个子高,一个个子矮,一个口齿伶利,一个说话结巴,一个体弱多病,一个身体矫健……真不像哥俩,而父亲的多病,则完全是战争的烙印。

叔父一直对我很好,话不太多,每逢谈话,必谈读书。他听奶奶说我的天资不错,他是半信半疑的。在读初中的时候,我每年都要把成绩单拿给奶奶看,而后她一定会高高兴兴地送给叔父看,叔父会兴致勃勃地搬来很多书,让我挑着看,有时还一本一本地介绍给我听。那时候我简直是受宠若惊,书看得很快。一天他把我叫到书房里,问我现在在看什么书?我说刚刚看完《旅顺口》。他又问这本书写的怎么样?我说人物写得非常好,但我想不通——日俄战争是在中国的旅顺打的,为什么我们中国还要出这本书,而且还是精装本。他若有所思地呆了一会儿说了一句"你还是很会动脑袋的"就走了。我受到这种鼓励,不管看什么小说、名著总是想着提出自己的一点看法,而不过分随波逐流,人云亦云。这个习惯我一直坚持着,虽然在"文革"期间它使我受了不少苦,但我至今不悔。

1954年叔父他们已经到了北京,我刚在沈阳考完大学,奶奶来信让我到北京度假,她说她想我了,有许多话要对我说。到了北京我和奶奶住在一间房里。她向我诉苦,不愿待在北京,希望我能把她送回老家去。她还有一个乌托邦的想法,就是将我母亲也从济南接回老家。她说,她一生中觉得和我母亲在一起的那段时光过得最好。她不止一次地哭过,身体也不好了,清瘦,有点轻微的中风——嘴有点歪。然而时过境迁,回乡梦是圆不成的。后来我察觉到,她想回老家的根本原因是对婶母的不满。婶母那时任北京钢铁学院的党委副书记,把自己的父母也接到了北京暂住。婶母是出身山东菏泽的大地主家庭,父母一生只是看书,而没有做过实事,不会劳动,是典型的地主阶级"书呆子"。但是他们的子女都很早地参加了革命,其中一位还在战争中牺牲,婶母的另一位哥哥在陕西省当副省长。所以两位老人靠着子女也过着养尊处优的生活。奶奶格外地瞧不起他们不会劳动,说他们都是只吃饭不做事的"蛀书虫"。而且认为婶母对待自己的父母和对待婆婆不一样,有偏心,所以心里老是窝着一股火。三位老人见面客客气气,但从不在一起吃饭,各自叫人把饭端到自己屋里吃,也很少坐在一起交谈。偏偏这时,婶母又把她在黑龙江省委工作的老保姆叫来北京当保姆,这个人会见风使舵,张口闭口都是林部长(因为婶母在黑龙江省委时任民政部部长),对婶母的父母敬之又敬,而对奶奶则漠不关心,这更加重了婆媳之间的矛盾,这大概是奶奶要从北京出走的真正原因,想回到她曾经的"伊甸园"去。没有办法,上大学之前我只好找叔父谈一次话。把情况都如实地给他讲了,又不好深谈,因为牵扯着婶母和她的父母。

要去上大学了,奶奶亲手给我准备行装,当我告别时,她牵着我的手,眼泪汪汪地说:"可能这是我们最后的一面!"我的心碎了,我用心揣摩着这话的含义,久久不能平静。

叔父总体来说是个大孝子,对奶奶的话不敢违逆。奶奶一生病他就没有了主意,而且会跑到奶奶的床上陪母亲睡觉,夜间照顾起居,但男人都粗心大意,照顾不周的事也会时常发生。他最惹奶奶生气的,就是大概1956—1958年的那段时间,他吵吵着要与婶母离婚,奶奶从大局着眼,不希望这个家破散,一反常态坚决站在婶母这边反对叔父,而且动用她的号召力,把我父亲、我哥哥、我都动员起来了支持婶母,叔父成了不得人心的孤军,闹腾了一阵,最终失败了,而且职务和工作还受到了一定影响。但这件事是奶奶立了大功的,而叔父在我们心中的威信则有些降低,因为在道义上他不占上风——已经有五个孩子的战友夫妻,本来养育子女就很难熬,怎么能因为一时的争吵那样不顾家庭去离婚,后来他慢慢才又重新和婶母恢复了感情。

叔父72岁时正式退休,又重新操起画笔画鱼、虾、蛙、雏鸡之类,基本上是齐白石的风格——大写意。齐白石是他大学时的老师,他还给我讲了一段故事:读书时他是农村来的穷学生,有时生活费接续不上,齐白石看他很用功,就在他的小画作中挑了几幅盖上自己的大印,叔父把这些画卖掉,就有饭吃了。他家中还收藏着四五幅齐白石的画。其中两幅是我外祖父(刘岐峰)在抗战时期保留下来的,新中国成立以后又回赠给他,还有两幅是齐白石专门给我叔父的画,画上写着"赠文山仁弟"的字样,文山是我叔父的字。我曾经好奇地问他:"你们读书那个年代,老师对学生是那样关心和谦虚啊",他肯定地点点头,并说道:"我回北京工作第一件事就是去拜见我的老师齐白石。"

"文革"后期,他已经"解放"了,因为他原来是燕山大学美术系的毕业生,在书画界认识很多名家,有人就鼓励他去当中央美术学院的院长。他动心了,因为美术是他的爱好,但遭到我们大家的一致反对,认为高校是个泥潭,一定会陷进去。当时社会流传着一句很难听的话,说高校是"庙小鬼神大,池浅王八多"的地方。还没上任就出现了"黄胄事件",黄胄是个画家,因画毛驴而出名,绰号"黑驴贩子"。因为他画了一幅"任重而道远"的画,而大受批判,画中画的是几只骆驼身负重物,在大雪飞扬的漫长道路上艰难行进。因为叔父认识黄胄,所以我们就说幸亏您没去吧,不然就真的深陷泥潭了。

后来叔父的画风也有些转变,不只画虾、蛙、鱼、虫、小鸡了,开始画牛了。他画好的牛,有时让我们"品头论足"提意见。而我的意见往往是很尖刻的,有时说他画的牛的脚太小,没有力气,就像一个小脚女人;有时候说他画的牛没有精神,像是在睡觉;有时说他画的牛没有力量,不能激发人心……他都悉心地听着。老头变了,有时走出去专门看牛,还买了一些牛体解剖的书看。他牛画得越来越好,而且配的诗也很有意义,成为他晚年画作的一种风格。

有时候他也画画花草,但很少见。他送我一幅素色牡丹花,题诗是:"从来不画牡丹花,不知富贵在谁家。自古官匪通一体,宰相家富甲天下。"并且嘱咐我不要送人。他一生为官清廉,是痛恨贪官污吏的，当时画这幅画时，写上这首诗，以抒发感情。

20世纪80年代中期，学校党委把我推荐给省委组织部，大概要重用我一下，省委宣传部蔡部长找我谈话（因为省级高校领导的任命归省委宣传部管辖），想任命我去佳木斯工学院当院长，并且说知道我的个性很强，可以破例让我推荐一位党委书记，一起调过去配合工作。牛处长又对该校的情况仔细介绍，也把调职的级别、家属子女安排和户口仍留在哈尔滨原学校等事宜给我仔细谈了。我当时表态：我要回北京征求一下亲属的意见才能定下来。

回到北京我就把这件事仔细地与叔父（张潭）、婶母（林楠）、哥哥（张贤）谈了，开了一个家庭小会，听听他们的意见。哥哥的意见很直截了当，不同意我去。理由是我是搞技术的，单纯，性格也很直，不适合搞行政；而且佳木斯距离哈尔滨又向北800里，天气更冷，不能去。还是老老实实教书得好，安稳。婶母的意见很委婉：组织要提拔是好事，是重用，主意是要自己拿，免得由于选择不当而后悔，你哥哥的意见你可以参考。

叔父没有直接发表意见，但是讲了一个故事。他说：在北京念大学的时候，"一二·九"和"一二·一六"的学生运动他都参加了，学校的学生也分成了三派，有的参加了共产党，有的参加了国民党，剩下的一些搞学问，出国深造。新中国成立以后叔父回到北京，看见他这些同学后来的结果各不相同，但只有"剩下来"的那些人当中，才有人毫发无伤地成了国家干部。这些人由于搞学术当了教授、名画家，看来他们的生活还是安稳的，子女也得到了好的教育。他的话就此打住，不多说了。

我回到哈尔滨，找到省委宣传部回绝任命，借口是：身体不好，不适应佳木斯的气候——这真是不识抬举啊。但我对此选择终生不悔，扪心自问，我的确不适合当领导，还是搞我的"雕虫小技"好。

叔父在世时（他2003年去世），我每逢出差路过北京都会去拜见他。我们天南地北地谈，谈天谈地谈人生，从他那里都会得到教诲。在我心中，叔父最大的特点是好学，真是活到老学到老的典范。他的家真是四壁皆书，新报新杂志不穷，他最大的财富也是书画，生活过得十分简朴，有钱就去买书，而且这些书是他不停翻阅的，而不像有些人家里的书只是摆摆样子给别人看的，而自己却不去读。

我喜欢他的第二点是他思念故乡不忘本。我的故乡是个小山村，而且他这一生在故乡中的日子加起来也不到十二年。可是故乡的山山水水，他都念念不忘。20世纪80年代，他就把自己几十年来积攒的几万元捐给村里的小学，用于鼓励和帮扶贫困的学生上学。我退休以后，他曾多次叫我到北京，商议把故乡的故居改造成一个乡间图书馆，提高家乡人的文化水平的事。他打算把他画的一些画，挑出几张卖掉（叔父画的画从来是不卖人的，都是送人作纪念，当时冶金部拿了他的许多画送给外国客人）来筹集资金，还兴致勃勃地拿出一张吴昌硕的画叫我欣赏。并且说："这幅画也可以卖掉，卖的钱盖房子大概就够了。"交代给我的任务：一是在弟兄中筹金买书，书目由我来选，一定要选好的，有用的；二是叫我儿子回老家一趟帮助设计一下（我的儿子是学建筑学的），拟一个建筑方案。

他还可以通过北京一些画家捐出一些画，再挑选一些他自己的作品，装裱起来挂在阅览室的墙上，以增加艺术品位。还打算动员本村养老院的老人，负责这乡村图书馆的日常管理工作等。好不易这一切都定下来，就等着实施了。但是不知什么原因，他突然改变了主意，而且要把房子捐出去——捐给国家。为此我们之间发生了分歧，我的看法是这种房子捐给国家，国家也不会要，仍然是集体所有制管辖范围。而且1949年我母亲离开老家时，就写信与奶奶商议过，把房子交给村里公用，房子坏了由村里负责修理，这实质就是捐出去了。而且村里一直用着，有时当村公所用，有时存放农具物品。大概是20世纪80年代初期，我1952年出生在济南的小弟弟（张奇），当兵转业到烟台外贸工作，他从来没去过老家，也没有感情，知道老家有一些房子，觉得我们家的人也不会回老家生活，就自己做主，背着我们大家把一部分房子卖了，一共卖了1500元，归自己所有。后来村里有人发现这件事就写信告诉了我叔父，他特别生气，就写信问我们知不知道这件事。我的大哥（张贤）是军人，就住在北京，对叔父说并不知道这件事。我当时在哈尔滨工作，就更没听说这件事了。我的三弟（张洪传）在青岛外贸工作，也回信说不知道。但我们三个人对此事都很生气，不约而同地写信给小弟，批评他无知的做法，并要求他快快把钱邮寄给叔父，请叔父想办法找县里把钱退回去，把房子要回来，仍然给村里公用。三个哥哥异口同声的批评给他也吓坏了，把剩下的1400元迅速邮给叔父了，叔父补上100元凑够了1500元，邮给了村支书，请他做做工作。可情况没有想得那么顺利，买主坚决不退，并且放风说："这房子风水好，我才买的，打死不退。"这就成了僵局。叔父为了要回房子只好通过法律手段。事不凑巧，当时北京大学党委副书记王路宾，他曾在山东当过济南市市长和山东省委秘书长，要回山东看看，我叔父就委托他帮助办一办。结果这老头回去以后就发了一通火，把关系弄得更僵了，最后为了要回房子只好在乳山市对簿公堂，闹出了"老干部叔父告亲侄子"的笑剧，小弟当了被告，还大病了一场，他觉得很冤，知错就改，一个月不到就把钱邮寄给叔父了，怎么还得到这么个结果（后来经过探访查证，只卖掉了房子中的一小部分，并不包括有两棵大树的院子）。

我知道这件事以后，写了一封很长的信给叔父，很不客气地批评了这种做法，我认为是当官不冷静的闹剧，年轻人犯错误，知错就改是好事情，应该表扬。为了解恨，作为长辈你可以打他骂他教训他，但是为什么要打官司？并且指责我的叔父，不念及我父亲的兄弟情义，父亲去世的时候，小弟弟只有10岁左右，我母亲去世时他才只有14岁，又经过"文革"的动乱，身上有毛病、犯些错误是可以原谅的，不能一棍子打死吧！信，我是写得很刻薄，公然地站在了我弟弟这边保护他。我想那时候的叔父一定气坏了，这就种下了第一次分歧的种子。到了叔父一定要以个人名义献房时，我又写了一封长信给他，说这房子是祖业，是传下来的遗产，我们所有人，包括我的父亲，我的叔父您都没有添过一块砖，补过一片瓦。在故居里生活时间最久的是我的奶奶和我的母亲，她们参加了劳动，养育了子孙，是功劳最大的，最有发言权。我的母亲临走时把房子留给村上公用，请其托管，是何等的英明有远见，而且我母亲为人做事谨慎，一定是和奶奶商议好的，不会独断专行，并质问谁有资格改变这个决定，再献一次礼。

故居处的大门口专门立了一块大理石，上面写着"张潭贵居"，我觉得如果是写"张潭故居"更好些，我对叔父说他是我们家庭活着的人的代表。但是我们不是贵人，只是普通百姓。我这些直截了当的批评，大概也是惹他老人家伤心了，有些事情估计那边做的时候他也是不知道的。

现在我自己也老了，回忆这一切，也觉得很歉疚，不同的意见分歧，为什么就不能有话好好说呢？为什么就不能和风细雨地说呢？尤其是对长辈。我是欠他们的，我也是不孝顺的晚辈。将来在列祖列宗面前，在我最爱的奶奶面前，我会主动检讨，求得他们的原谅。

张洪义

2014 年 5 月 28 日

20 世纪 50 年代初张潭与妻子及当时的三个子女

○○○ 未曾归去的老家——西北庄的回忆

张潭收藏的齐白石赠画两幅

张潭的画（一些曾刊登于《光明日报》《人民日报》）摘自《张潭画集》

七、我的外祖父刘岐峰

我的外祖父是我爷爷读青州师苑时的同窗好友,好到什么程度?恰同学少年风华正茂时,两个人尚未婚配,就下定决心将来生儿育女后成为亲家。爷爷毕业后留校当了老师,外祖父要从政,热血沸腾,一起剪辫子,倡新学,讲改革。外祖父由于剪辫子的事,被他父亲打了一顿,一气之下,闯了关东,主要是在鸭绿江上做木材生意,不多年便发了财,在安东(现丹东)鸡冠山买了好大一个农场,四角都盖上炮楼把守。又投资大连、哈尔滨、天津、烟台等地,主要是开油坊——大概是当时的工业吧。在经商时期又自己学了中医,开药房并亲自给人看病,是一位很不错的医生。发财之后回到老家,给他四个兄弟盖起了新居,盖得都很漂亮、宽敞、气派,而他自己却住在老祖居里,房子最差,连一个像样的院子都没有。尽管他排行老三,但在兄弟中威信最高。因为他接受新事物,见识广、有知识、胆子大、有魄力,又有钱。不久就成了当地的一位名人。北伐战争时他还当过区长,支持革命。1930年前后他又暗里支持我大舅刘经三的革命活动,给钱买枪,出资建立果园作为地下党的联络站。大舅成了20世纪30年代初共产党胶东的特委委员兼武装组织指导员,与他暗地里的财政支持有重要关系。1933年大舅在崑嵛山被韩复榘（时山东省主席）逮捕后，外祖父又与胶东共产党特委的联络员于洲（此人后来成了威海市第一任市长，胶东行政公署的主任）一起多次到济南通过关系营救我大舅及其他被捕同志。抗日战争时期，胶东根据地比较稳定后，因是国共统战时期成立三三制参议院，主张抗日的国民党党员徐宗尧（音）担任要员，另一个要员是我的外祖父刘岐峰，他表面是无党派人士，但他有三个子女都是早期就参加了共产党。当时胶东行政公署的许多干部都到过他家，如王文、曹曼之、林一山、许世友、于得水、于洲等，因为他接待起来比较方便，身份也比较好——无党派抗日民主人士。我小时候经常住外祖父家，所以也见过许多人，我下象棋还是在未上小学时徐宗尧爷爷教我的。

我爷爷与外祖父走的路不同，他纯是一位教书匠，教文学的。爷爷三十岁就去世了，为的是为村里争"牧牛山"筹办洋学堂——

我与徐宗尧爷爷下棋

我和哥哥都读过的小学。爷爷死后，家境败落。我小时候还能从蛛丝马迹中看出逐渐败落的景象。后花园很大有两亩地，四周都是高高的石头墙围着，园子的正门朝东，大门很高，朱红色。把全部大门打开，可以同时通过两辆马车。园中虽然不能说奇花异草，但却花样很多，别有风采，最知名的就是有两百多岁树龄的古藤树和小叶朴树（欧干——当地土名），两树缠绕在一起，宛如一对不分不离的情人，是真正地上的"连理枝"。这也是现在唯一留下来作纪念的一对古树。但我小时候，园里有很多树，很高的柿子树、枣树、核桃树、梨树、楸子树。也有矮一些的杏树、桃树、樱桃树、木瓜树、花椒树、苹果树和烟台梨树等。还有各种木本花树，如石榴和紫荆等。围墙内外还存放着许多石条，听说是准备盖房子用的。

家里还有许多线装古书，用大木箱子装着，我上学时恰是胶东革命根据地最困难的时期，连纸笔都很难供应，我把很多线装书拆开把双面纸翻开当纸用，有时还送给小朋友，现在想起来真是可惜，小败家子。后来根据地稳定了，一些有学问的干部看见了，就劝奶奶把书捐给了政府。

一次在北京，我和叔父谈起了画，又扯上了家史。叔父拿出了齐白石的四张画给我看，说其中两张是胜利后我外祖父返送给他的，这画原本是战前他送给外祖父的，因为外祖父很喜欢齐白石的画，经过抗日战争和解放战争，这两张画都保存得很好。叔父说："你姥爷是个好人，我很尊重他。"他还和我讲了个故事——他小时候刚上学不久，外祖父到我家，奶奶带着他去见外祖父。谈起父亲的亲事，奶奶说："我丈夫已去世多年，我家家境败落，孩子的亲事就不要再提了。"外祖父说："这次来就是谈亲事，是来兑现承诺的，不能变。"而且还谈了他对父亲的培养责任。叔父说："我那时小,但已经很懂事了,从那时起我就很敬佩你姥爷。"说着说着流下了眼泪,动了真感情。

在这些晚辈中,大舅(刘经三)、二舅(刘经五)和我母亲都早期就参加了共产党,第三代中大舅的大儿子纪堂哥(刘希朴)抗日战争一结束就参加了解放军,我的哥哥1946年又参加了解放军,剩下这帮小的中,外祖父最希望我能跟他学医,曾多次给我讲过,长大学医吧,中西医一起学,他亲身体会中医治本,也十分明白西医救急的长处,所以他一直主张中西医相结合。我从小在他的中药铺里玩,认识了许多中药,制药的各种工具都很喜欢。但我告诉他:我不会学医。因为我最怕看见人得病,尤其看见血、吐物、屎便,我会好几天吃不下饭,更怕见死人。当我1949年初夏离开老家时,他还叮嘱我,那你就学工科吧,不要从政,做官不如民安。但不再重复"不为良相,就做名医"的格言。

小时候住姥姥家,最愿意去的两个地方之一,就是他的中药铺。那里有许多瓶瓶罐罐,还有各种各样的制药工具,如药碾子、药磨和剪切机,等等。药铺里的药匣子外面写着药名,里面装着药物,可以对名识药,一边玩一边学字,同时也认识了药材,真是一举三得。外祖父从来不因为孩子们的吵吵闹闹而禁止我们去他那里。另一个我爱去的地方是果园,果园四周用铁丝网围着,中间盖了一个简易的2层楼,好像一个炮楼,能看到整个园子的每个角落,在小楼周围养着几十箱蜜蜂,有中国蜂也有引进的意大利蜂。蜂窝是由木头做成的箱子。前面有蜂子进出的门,后面有一个用铁丝网隔开的窗,窗户可以开大开小以调节蜂窝的温度。蜜蜂最怕黄蜂(马蜂),体型大的黄蜂会飞到蜜蜂窝门口咬死蜜蜂。我们发现蜜蜂是很怕惊的,用手使劲拍打蜂窝,蜜蜂受惊就会一起发出嗡嗡声。蜜蜂更怕烟，烟一熏，也会发出嗡嗡声，群蜂有时会跑出窝来查找原因。大孩子淘气，唆使我吸一口烟到蜂窝的后窗向里面吹，看一看蜂子的举动。我就听了他们的鼓动，吹了烟，而且跑到蜂窝前面看，一群蜜蜂发现了我这个敌人，群起而攻之，在我的头和颈部蜇了十几下，痛得厉害，还是那帮大孩子把我领到河边，向我头上颈上撒尿，之后再用水洗净，待到回家时，脸就消肿了。这次吃了大亏，还落下了笑柄，吃一堑长一智，以后就警惕了，不上这种当了。

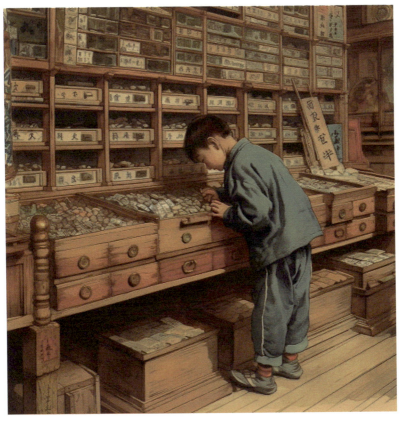

在中药铺里学习

被蜜蜂叮的小孩

我们最喜欢的是秋天,各式各样的果树结果,馋了还可以拣熟的摘下来吃。但有一些树是外祖父再三叮嘱不要摘果子的——那是他嫁接的新品种,有的树可以结三种不一样的果子。但我们一方面答应,一方面又好奇心太浓,看见大的果子快成熟了,又不让摘,怎么办?我们想出站着用头去顶,顶下来不算摘,也可以品尝新味。外祖父知道了只是笑一笑就过去了。

外祖父的四个子女中,他最喜欢我母亲,号称"刘家大小姐"。

西北庄的记忆——回忆老家的几件事

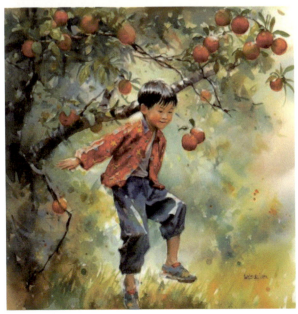

用头顶掉水果的小孩

她长得漂亮，人又聪明，踏实能干。另外的原因是大舅风风火火闹革命，组织武装，家里总为他担惊受怕，还受到不少牵连，从家庭的角度来看，他是个"败家子"，外祖父的许多财产都支援他干革命了，有些财产是为了把他从监狱里救出来，托人求情花费了。二舅也是位老党员，但是他从不出头露面，别人的眼里他就是一个最普普通通的人，他的主要任务是帮助外祖父，保护他。抗战胜利后，根据地的共产党身份公开，谁都没想到他是个老革命。解放战争开始，山东胶东支援东北，他渡海来东北在残酷的四平保卫战中牺牲了。

新中国成立了，组成新的政府，有人推荐外祖父当山东省高等法院的副院长，但被他拒绝了，他说他还是行医好，做官不如民安！他有一个好习惯，每两三年就在国内游一圈，往往是从烟台出发，路经大连、丹东，到哈尔滨，再到京津，最后经宁、沪回山东。因为他有很多朋友，有的是老朋友，有的是老干部，有的是亲属，走到哪里都有人招待他。

我记得1956年秋天，他一路走来，最后到达上海，住在大表哥刘希朴处，大表哥是驻上海军人，把我招去两个晚上，因为我正在上海交通大学读三年级，白天要上课不能陪他，只好晚上去见他，住在黄浦江边一个招待所里，晚上他就给我讲历史，讲他个人的历史，我开始时还认真地听，时间一长就睡着了……第二天早上还要起早赶车到学校上课。现在想起来真是后悔啊，当时请个假陪陪老人该多好，他讲的历史对我们该多重要。

我记得还有一件令人惊奇的事，就是华侨陈嘉庚是外祖父的朋友和把兄弟，解放后来信希望他到南洋去，希望带一个孙辈，因为陈只有几个女儿没儿子。他推荐我哥哥去，但在济南时，我的父亲不同意，他到了南京又对我哥哥讲，并将陈的亲笔信拿出来给我哥看。我哥哥是军人，在华野政治部工作，已经是正营级的干部也不同意去，这件事就告吹了。

2013年秋天，我外祖父的村子黄疃出来的一位记者小刘来找我，说他很有兴趣收集我外祖父的资料和家史，想写一些文章，用他的相机里展示了一些他收集的材料和照片。问了我三件很有意思的事情：一是我的母亲是刘家的大小姐，人长得漂亮，是不是会骑马？我蒙住了！我也不知道她会不会骑马呀！但是我见过我的母亲骑骡子。小记者天真地告诉我：根据村民们回忆，你母亲当姑娘时候会骑马，而且骑得还很好，穿得也很漂亮；第二个问题是你知道你外祖父和陈嘉庚的关系吗？我回答是，我知道这件事，是姥爷在上海亲自对我和希朴哥说的，但我没见到过信。以后在北京时，我也听哥哥对我讲过这件事。信件不在我这里，我估计也不会留在哥哥手里，因为外祖父没完成任务总要回信吧，这信仍然在外祖父手里才对；第三个问题是你有关于你外祖父、你大舅、你母亲的照片和文物资料吗？我的回答是很少很少，只有我母亲解放后于济南的几张照片，都是和我们一起照的。我们家连一张全家福都没有，因为人员很难凑齐。其实值得纪念的东西，在我这里一点都没有。

客人走了，我的心情却并没有平静下来，一浪一浪的回忆冲击着我，使我的内心产生无限惆怅，我们一代一代人活着到底是为了什么？我们一生追求的又是什么？什么是幸福？什么是好生活？先人们走过的路是由他们自己决定的吗？我们走的路又是自己决定的吗？什么是好时代？什么叫太平盛世？山清水秀，人杰地灵的极乐世界到底在哪里？

我们都是匆匆过客,我们能留给这个世界一点什么呢?这个世界又给我们留下了怎样的印象?是恨,是爱,还是无奈的惆怅……

姥爷啊,您出生在那个年代,您没有错。我出生在我这个年代,我也没有错。这都不是我们自己可以选择的。但是到老了我才悟出这个道理,金钱是身外之物,功名是过眼烟云。对于后代的培养,主要是教育,教他们养成好的德行和赖以生存的能力。您在重视教育这一点上,不如我的奶奶看得更高远。

张洪义

2014年6月18日

父亲的外祖父刘岐峰

父亲的大舅刘经三

八、我记忆中的老家和西北庄村

我的出生地是山东省威海乳山市的西北庄村,是个小山村,三面环山,只有南面是平原,离马家庄很近,大概只有一里路。西面

西北庄村的总体布局

隔着一个小山——石马崀与胡八庄村毗邻，大约也只有两里距离，东面也有一个小山丘，走过山丘就是东官道。是一条不太像样的公路，所以老百姓称为官道。两条小溪从北边和东北方向流来，在村北不远的地方相汇，干流从北向南将小村劈成东西两半，小河的东岸叫东崖，西岸叫西崖。现在从谷歌地图上看，小河像个大写的英文字母"Y"，或中文的"丫"字。北边十几里处有十几户人家叫大王口（音），好似行政编制也归西北庄管辖。

我小时村里不到百户人家，主要是张姓，其次是宋姓。最少的是段姓和朱姓，只有两三家。据说最早定居的是段姓，但人丁不旺，后来张姓居多，宋、朱二姓搬来就比较晚，所以户数不多。

小时候奶奶告诉我，张姓是从泽上（音）村搬来的，西北庄村在泽上村的西北方向，所以叫西北庄。张姓的家谱要到泽上去寻，我们这一代是21代，要记住不要记错了，记错了要出笑话，还讲

西北庄村的建筑及村貌

了一个生动的故事给我们听,"有一个人不懂这些,到了泽上,人家很郑重地招待他,有人问他是第几代,他不懂就胡说是第一代,被别人打了一通赶跑了。"奶奶说:"他不是找着挨打吗,第一代就是所有在座人的老祖宗,该打。"又告诉我们这一代名字中的第二字应该是"洪"字,上一辈是"振"字,再上一辈是"元"字,我的下一代是"仁",从名字中就可以看出辈分的高低,排序是老祖宗定下来的,不能随便改。

西崖比较平坦些,也比较富裕一点,有南北两条街,都是东西向。南街中间位置有一口井,附近还有一个公用碾盘。北街西边靠山根也有一个公用碾盘,东边尽头靠河有一口井,离我的祖居不远,这眼井水质很好,甜滋滋的,水很盛,用之不竭,但不深,打水很方便。

东崖平坦地方少一些,有一些紧靠河边的平地也都留作菜地,房子建在坡地上,只有一条街,大致与西崖的南街对应,中间有一块突起的石头,小孩称它"老龙头",离"老龙头"不远也有一处眼井。

小学堂建在西崖南街的尽东头,靠河边处。我朦胧地记得有八间正房,分为两个教室,一个是五间的大教室,一个是三间的小教室,西厢房是外聘老师的住屋和教师办公室。在大院的西南角还建了一座关帝庙,泥胎塑像关公坐着,两旁是周仓、关羽拿着大刀和宝剑站立着,对着庙门有一个照壁,好似上面没有字,照壁的南面或是北面有几棵柏树,我读小学时已经长得很高了。院子东南角有一个女生厕所,西南角有一个男生厕所,学校大门开在南面,大院用高墙围着,也是学校的操场,村民大会也在学校的教室里和操场上举行,村公所也设在学校里与老师的办公室毗邻,但是每逢佳节要唱大戏、演话剧这地方就不够了，只好在村南头的庄稼地里搭戏台。

大概1941年冬我村就解放了，成为胶东抗日根据地的一部分。村里各种群众组织都很健全，如民兵、青救会、妇救会、儿童团等。抗战时期，民心团结，村中的卫生和社会秩序都很好，尽管生活困难，但是干干净净，整整齐齐，人的道德面貌甚好，偷偷摸摸的事情很少，正直正道，互相帮助，民风正气……我最怀念的是这段时光，尽管生活艰苦，但民心团结向上，淳朴而敦厚，干部以身作则，是真正得民心的。

我们村子不大，但文化并不落后，爷爷辈出了两个知识分子，一位是我的爷爷，一位是段州臣老先生；父辈以我的堂伯父张建堂、我的父亲和叔父、段州臣的长子段品三为代表。到了我们这一辈，大概赶上了好时代，我的父亲和我叔父的九个子女都受过良好的教育，都获得了高级技术职称；我们的下一代也都受过良好的教育，因此在社会上也有一席之地。

我们村出了不少老革命，我的叔父"一二·九"运动时就参加了共产党，搞学生运动，算是红军时代参加革命的。大概段品三也是比较早的一位。我父亲和宋洪武是抗战初期就参军的。宋洪武抗美援朝时当过师长，回国后当沈阳军区炮兵司令，20世纪80年代末，我出差沈阳还去过他家。这批军队老干部在抗日战争、解放战争和抗美援朝战争中都立下赫赫战功，但"文革"以后实行新军衔制时都年岁已老，未能授衔，看到自己的老部下都授了将军衔，心里有时也不是滋味。他讲了一个故事给我听：授衔庆祝的时候也请老同志参加，他们把招待他们的饮料罐子弄得稀里哗啦地响，以表示心里的不自在。过春节时送来礼品，给老同志的是冻鸡，在职的是活鸡，他们气得把冻鸡扔到在职者的院子里。我听了以后觉得很好笑,真是一批老小孩。干革命一辈子,抛头颅洒热血都不怕,但为一些小事也会发脾气,发发牢骚……这都是人之常情。我们要求革命者不是整天绷着个脸讲大道理,而更应该充分地体现人性的一面,喜怒哀乐人之常情。我记得抗战时期,宋洪武骑着高头大马回家的情节,他那时已当上了团长。母亲领着我去见他,他高兴地给我讲了一个故事:王文的儿子王斑,智取水道城。王文曾是胶东行政公署的主任,他的爱人也姓王,生个儿子叫王斑,儿子聪明机智,化装"走姥姥",摸清了日军驻水道城的部署和武器情况,胜利完成任务。我当时很羡慕,他成了我心中的榜样。当时宋奶奶还活着,把儿子的秋衣秋裤扒下来用热水煮,一面煮一面流泪,虱子成群成堆,当时的生活是何等艰辛!

孩子们一起捡枯枝、烧篝火

我们村还有一位老革命是张振义叔叔，他抗战初参加革命，后臂部受伤，复员回乡，他在回乡路上碰到我的叔父母正在去延安的路上，便带回家书，我们才真正地知道叔父的下落。张振海叔叔也是抗战初参加革命，后因生病回乡，好似当了好长时间的支部书记。

我上小学的时候，村中的小河还是流水悠悠，清澈见底，两岸树木丛生，真是"渚清沙白鸟飞回"呀，每到夏季男性村民抱着自编的草席子、草帘子到河边沙滩上乘凉，蝉声不断，萤火虫起舞，天空繁星闪烁，星汉灿烂，有时流星划过一道强光之后还带着吱吱的声响……这是儿童们最高兴的时刻，热了到河里洗洗澡，凉了到沙滩上躺一躺，围在一起请老人讲故事。妇女们走到两小溪交叉的地方，那里水深人静，河边有树丛的掩护。孩子们凑在一起总是打打闹闹，聪明的、淘气的总是出鬼点子，有时跑到附近菜地摘黄瓜吃，有时跑到远一点的果园摘果子吃，有时到田里劈下一些玉米和拔一些毛豆烧着吃，大人都不太干预。最有意思的是有人会回家取来脸盆或小桶，捡来枯枝烧起篝火，孩子们都努力一起摇树，在没有月亮的夜晚，利用蝉的趋光性，能抓到很多蝉，用火一烤就是美餐，摸到蝉的幼虫——"知了猴"更好吃。儿童的活动是丰富多彩的，也是一种很好的集体教育，一首歌很快就普及了，一件好事很快就传开了，儿童的天性是向上的、善良的、积极的，这些活动就是最好的学习，是活的智力开发，而且体、智又完美地结合在一起。所以中国农村的孩子并不比城市的差，从小在玩中、在力所能及的劳动中、在主动参与的社会活动中，学会了不少知识。

抗日战争时期我们村是很干净的，那时号召大生产、自力更生、反懒汉、反二溜子。街道都扫得干干净净，清早起来打扫门庭成为民俗。小河两岸没有任何垃圾,大水过后冲倒的树木,都会很快清理。牲畜的粪便是上好的肥料,也会及时清扫……物尽其用,整个在自然循环中进行,山清水秀,草木繁茂,空气清新,水土保护得很好。我小时经常和小朋友在大孩子的带领下,到河里摸鱼捞虾,河里鱼也很多,大的用石板煎着吃,小的带回家喂鸭子。也到田里抓蚂蚱、豆虫和田鸡(青蛙)烧着吃。跑到山上采蘑菇、松蛹和抓刺猬和小野兔。在村子里掏麻雀窝、偷鸽子蛋,养斑鸠和小鸟。春天的柳岸闻莺,秋天的金咀鸟、银咀鸟和黄雀会来采食争鸣。偶尔后花园里的古藤萝树和古欧干树上的猫头鹰也发出瘆人的叫声,一听到这种声音,老百姓就有点怕,都说猫头鹰一笑,谁家的病人就要去世了。

小时候我去过祖坟地,张姓的坟地是在一个小山的南坡上,因为在村子的正北面,又在山坡上,所以叫北坡。我记得祭扫的最高辈分是老爷爷,再下一辈是我的爷爷和爷爷的哥哥,我的父辈当时去世的只有我的婶母和我的堂伯父二人。所以我一直怀疑我们张姓是何年何月搬到西北庄定居的,再老一辈的坟在哪里?是不是去世后葬在泽上了。这就出现了一个问题,即两棵古树说是乾隆年间栽的,距今二百七十年,那又是我的哪一代祖先栽种的,我的父亲是1905年生,叔父是1912年生,叔父生下一代时是30岁,爷爷也是30岁那年去世的,这样推算爷爷应该是1882年生人。据奶奶讲叔父生下一代时,老爷爷61岁,往前推六十一年,老爷爷应是1851年出生的。按中国古代的习俗结婚比较早,一代人粗算也就是二十年,如果此两棵树有二百七十年树龄,则应是1744年左右栽种,也就是说此树在我老爷爷出生前一百一十年左右就有了,换言之在我老爷爷前五六代人时此树就有了。我们张家人到底哪一年到西北庄的,西北庄建村又有多少年?

所以我怀疑这古树的真实年龄，求真地讲，科学发展到今天这不是什么难事，找这方面的植物学家作个判断也会八九不离十，用科学的测试手段如C14测定等都可以得出确切可信的结果，不要人云亦云。但对这两棵树的来历我有与众不同的推断。这两棵树不一定是我家先祖亲自种的，村里老人大概会记得与这两棵树同时存在的，是在它的东面不远地方（大约十米）的一株白果树（银杏），我小时候记得很清楚，它是属于我堂伯父家的，是在我家后花园大门外不远处，几乎对着大门，这棵树也很大，长得比欧干树更高，是在我小时候被大风刮倒的。我以为这三棵树应该是同时期栽的，树龄也差不多。过去这里是一片荒地，是我老爷爷（曾祖父）发家之后买下了这片荒地并开始治理，盖起了新房子——就是我们家的这套，正房八间南倒庭也是八间，东厢房三间（比正常的间要小得多）西厢房也是三间，自东向西数第五间和第六间之间修了一面墙，分为东西两个院，东院正房五间南院也是五间，西院正房三间，南庭两间，有一个大门洞占了一间房，房子的正门是东数第六间处，对着大门有一面照壁，照壁上并没有字。东院是居住区，西院是客房，经过大门和二门才能进到东院，门洞由大门隔成内外两洞，大门门槛很高，是木质的，可以装上也可以拆下，大概有成人的小腿高。外门洞大门的上方挂着一副金匾，我记得写的是"节励冰霜"四个字，两侧画有竹子和松枝，落款记不清了，朦胧记得是那时的州政府送的，所以挂在门外。大门外边东侧和西侧都有拴马桩，用石头雕的锒在墙上，东头有石槽，几头牲口可在同一石槽里喂食。东院五间正房中间的一间是灶房，也是庭堂，南门通院子，北门可直通后花园。所有都是砖瓦房，只有西厢房三间是草顶，其中两间是养牲畜用的。我说这些还是想纠正村民张仁君的一些回忆，因为我毕竟儿时住在这所房子里多年,能说得更清楚确切些。

后花园有两亩多地,就在屋子后面,东西与八间屋子同宽,南北长大约有 100 多米吧。东大门居中偏北,朴藤两棵树在东大门的北边不远处。这两棵树离我们的住房大约有 60 米。所以有人回忆说 1949 年那场大台风把朴藤树刮倒,压坏了住屋的那只是"张冠李戴"了。1949 年那场大台风我和奶奶正在去东北的路上,在广鹿岛和长海岛滞留了半个月,好在保全了性命。只有我的母亲和

西北庄老家的院子(现在幸福院)

弟弟洪传在家里准备去济南父亲处。压坏房子的不是朴藤树,而是正对着房屋通后花园北门的一棵大梨树,这棵树能结三种果子,树干大约有500毫米直径,最下一层结脆梨,圆形吃起来很脆,可以带皮吃,熟得最早;第二层是匙梨,也叫秋梨,长得像汤匙的样子,扁圆,皮上有小点点,也很好吃,皮比较厚,最好削皮吃;最上一层我们叫豆梨,果子不大、圆形,熟了呈咖啡色,成熟最晚,经过霜打才好吃,最好蒸着吃,很不错。就是这棵树被台风刮倒了,斜压在房屋上,是我母亲找人割倒了树修好房子才离开老家的。我说这段也是纠正一段朴藤树压坏房子的"传说"。它们离得太远了,就是断枝也不会压到房子。我们住屋的东边就是小河,河的两岸从井边向北直到河岔交汇处这一片树林和草地也是归我家和堂伯父家所有。

新房子是我老爷爷建的,后花园也是同时建的,三棵树被后花园的墙一分为二,白果树被一墙之隔分为两家主人所有,所以它就

西北庄小河的现状

孤独地先死了。

那么这树到底是谁栽的呢？在这荒山野岭之下，为什么要栽种这种名贵树种呢？我推断这是一个墓地，这三棵树就是这块墓地的标志物，一定是一位达官贵人或者领兵打仗的将军路过这里不幸去世了，时局不允许厚葬处理，只能草草埋葬，以树留念。本来有四棵树，墓前两棵是朴、藤二树，墓后两棵其中一棵就是那棵银杏树，而另一棵应该是在银杏树北边与朴、藤二树的中间东西轴线相对称，这棵树不存在了，是由于河水的西浸早就被冲倒了，而白果树倒时树根也是被河水冲得裸露出来，最后经大风一吹而轰然倒下的。而墓地为什么可能向西呢？可能死者的家乡是在西边，可能是鲁中、鲁西，也可能是晋、陕的人，反正应该是个名人，而这个名人是不得志的，失宠时东迁去世。如果得志不失宠就会有后人和官府来光顾了。这位死者是不是姓张，是不是与我们张家的祖辈有关系，我不得而知，这也是我的不解之谜。觉知此事可能要到泽上去追根求底了。

我忽然想起，大概是 1947 年或 1948 年之际，在黑山夼离我家不远的一块地里，那是我堂伯父家的地，在耕地时发现了一些石头做的小庙，他还把这些挖出来的石头放在我家西院的院子里，我当时就很好奇，还有点怕，怕是墓地里的东西，大人说是小庙，而不是墓地，我才敢放心地去看，而这个小庙又是怎么回事呢？如果这个小山村古来无人居住，那这个小庙看起来很古朴，又是什么人建的呢？这个小庙与后花园里的古树有没有联系，是不是同一时期的东西，而这三棵古树和小庙都在我老爷爷的地里。我老爷爷的时代，他发家之后，向晚清政府申报了我大老太——即他老嫂的事迹，从而晚清政府下令建了圣旨碑，就立在我家北场园（打谷场）北边的路边上。

州政府又送了金字大匾，允许长期挂在大门口的门楼上，而我家后花园的东大门盖得很气派，染成朱红色，这一般来讲，不是官宦人家是不允许的……这一切联想起来是不是跟这些古树有关系，这古树后面又有什么奥秘是值得后人探索的。

奶奶带我到东北去是那样的难舍难离，一面是想去见见十三年没见面的亲生儿子，一面是生存了多少年的故土。在这块土地上她历尽千难万险支撑起这个家。我的爷爷和老爷爷都老死在这儿，墓地也在这里，她在这里养育了子孙，能舍得离开吗？每一寸土地、每一间房子、每一棵树，都是她用心血灌注的，都那么得熟悉，都有那样一段刻骨铭心的历史。她在路上频频回顾，到了东北还悄悄地告诉我，她离家时用一个坛子，把她认为重要的东西，全都放在里面埋在地下，并再三嘱咐我不要告诉别人，将来挖出来作个纪念吧！这是我们祖孙两人的秘密。

大概是1982年吧，小弟（张奇）转业了，分配到烟台市外贸公司工作，我和三弟洪传商议一起到济南去扫墓，父亲的坟在"文革"时期被红卫兵破坏了，墓碑也被推倒了，母亲的骨灰一直放在陵园里的架子上，看完之后我们觉得很凄凉，决定在父亲的坟头上抓一些土用袋子装好，再到存放母亲骨灰的地方，几乎没有人管理，我们把骨灰拿走，把从父亲坟头上取来的土和母亲的骨灰放在一块，连夜由济南乘火车到烟台，又通知北京的哥哥也来烟台，共同商议父母的骨灰到底放在哪里更好，济南是不能放的，因为我们四人都不在济南工作。讨论来讨论去觉得放回老家更好，可以和祖宗在一起。大哥从部队要了一辆车，我们兄弟四人到老家去看一看。一看傻了眼，老祖宗坟茔地早在"大跃进"时期就平了，开垦成了良田。

西北庄的记忆——回忆老家的几件事

土改时献出的西院房子已经不见了,连大门口的门洞都拆光了,大门改为朝西,也就是我们原来称之为二门的那扇门代替了大门。后花园围墙不见了,原来围墙内的所有树木在大炼钢铁时成了牺牲品,只留下了朴、藤两棵。村里几乎没有一座新房,水土流失非常厉害,小河的河床被泥沙填满,几乎与原来高高的井台取平。街道还是那个街道,但与根据地时期相比大不一样,显得脏而且杂乱。我漫步西崖的南北两街,努力搜索着童年的记忆,但这些好印象都远远飞去,留下的是满怀凄凉……我突然想起了毛主席回故乡的那首诗"别梦依稀咒逝川,故园三十二年前……为有牺牲多壮志,敢教日月换新天。"领袖的这首诗是多么的伟大,气壮山河呀!

而这次回来,距上次离家已经时隔三十三年,乡村仍然没有自来水,仍然没有用上电,新房几乎没有,旧房连成一片,只是西山脚下的那个碾子有一点儿变化,原来木质的碾架变成了铁的……

三十三年是一段很长的时间,轰轰烈烈的革命,百姓诚心诚意地跟着共产党走,百户小村就有十几位烈士,出了十来位县级以上干部。可是小村百姓还没有完全摆脱贫困、过上小康的生活,科技的成果离他们还有一段距离。

看了这一幕幕的情景,我们兄弟四人一商议,把父母的骨灰盒又带回了烟台。小弟弟把二位老人的骨灰安置在烟台山上的三棵大树下,面向芝罘湾,太阳一出来就能照见。烟台山地上不允许有墓地的标志物,只有三棵树和邻近的几块大石头为标记。我们兄弟四人还到烟台山父母的久居之地祭扫过。我们觉得小弟把父母的后事处理得很好,论风景,烟台最好的地标就是烟台山,在山上可以远观无边的大海一览芝罘湾的全景,向东朝着太阳升起的地方,朝气蓬勃。逝者并不寂寞,烟台山西南侧就是一座烈士陵园,尽管不在一起，但父母与他（她）们这些英烈或许在另一个空间可以更自由地交谈——谈古论今。

所以，我们父母能在烟台山上俯视芝罘湾是我们内心最大的安慰。

我和老大离家较早，很少和父母一起生活，民俗中的祭祀礼仪几乎忘光了，只是会在遥远的地方默默地忆念他们，从曾祖父一直到父母。

这里说点历史知识，秦始皇一统六国之后，来过胶东，去过威海的天尽头，也屯兵牟平的养马岛，登过烟台的烟台山。在登山远望之际，一位大臣看到大海辽阔无边，就问秦始皇用什么量度大海。秦始皇指着山下的海湾说，就用这个海湾度量大海吧，并起名为"芝罘"。

张洪义
2014 年 7 月 28 日

西北庄的记忆——回忆老家的几件事

烟台的芝罘湾

九、我的母亲刘梅婵

有记者问我：你母亲刘家的大小姐，年轻时骑过马，穿过西装，你小时候有没有看见过？我说我没看见过。我儿时的记忆中她是一位很美丽但非常仁慈的家庭妇女。她也的确是我外祖父的长女和爱女。她有一个哥哥刘经三，一个弟弟刘经五，还有一个妹妹。我大舅刘经三在1929—1933年曾是胶东共产党特委的骨干之一，我的母亲也在这时候参加了共产党，是当时少数的几位女党员，后来我知道还有她的闺蜜——两姨姊妹姜秀云（秀姑），她是后来的共产党叛徒林成佑（音）的妻子，中学老师。

我的外祖父刘岐峰和我的爷爷张元焘是山东四大师范之一的青州师范的同窗好友，好到什么程度，当时都是小青年尚未结婚，就誓言定下来成为亲家。

后来我的祖父由于成绩优秀留校任教，当了语文老师。而外祖父善于社交、管理……毕业返乡后由于反清剪了辫子，回家被保守的老人打了，为了避险到东北，先在鸭绿江上放木材，就是把长白山的木材通过鸭绿江放到丹东（安东），很苦的营生，把脚和腿都冻坏过，脚指甲掉了好几个，小腿也有很严重的静脉曲张。但由于他自己有知识有文化，又长了见识，很快成为掌柜的，并由此发家，在这时候还自学中医。他天性好交往、结友，为人正直，结识了好多朋友，在凤凰城买了一个农庄，四角建起炮楼，据他说很大。又在沈阳、哈尔滨、大连、烟台和天津投资经商和办榨油企业……

他发达之后回到家乡开了药房，亲自坐堂行医。还给四个兄弟每家盖了一套很好的院子，而自己却留在老祖居，房子是最差的，面积最小，父母也由他供养。他在兄弟中排行老三，但威望很高。黄瞳最好的房子就是他给兄弟盖的，都有很大的院子和菜园地。

在北洋军阀时代，他曾当过区长、副县长，支持北伐。另一方面支持我大舅刘经三的革命活动，他出资给大舅买果园，后来成了中共地下党的活动场所和联络站（霄龙寺地下联络站）。他还资助我大舅组织武装斗争，1929年前后，大舅刘经三一直是胶东特委的武装骨干成员，后来1933年左右成了特委委员。外祖父出资与徐宗尧一起办瑞泉中学（寺山中学），刘经三成了该校董事长，一批教师是共产党员，成了胶东共产党的一个培养干部的基地，后被当时的国民政府查封。

大舅1933年在昆嵛山被捕后，羁押在济南监狱，外祖父曾亲自出面与胶东特委派的于洲同志一起四次到济南营救，通过外祖父的关系——他的同学时任国民政府高等法院院长的关系营救，不仅出力，而且出资，结果是没有被判死刑，而是到反省院反省。我的大舅是从济南反省院逃出来的，利用犯人游大明湖之际内外接应逃出来。后乘火车到北京，在我叔叔们的帮助下，又通过关系送去延安，当时红军刚刚到达陕北不久。

抗战时期，胶东成为抗日根据地，由于这些背景关系，我外祖父邀请好友徐宗尧（他是老国民党员，教育家）担任胶东地区的参议长，而他以民主人士身份当了副议长，做了好多统战工作，他出面工作比共产党员亲自出面更好，尤其是上层。当时他家里成为共产党高级干部经常出入的场所，我小时候经常住在他家，也认识了一些人，我上学前下象棋就是徐宗尧爷爷教的。

我的母亲就是这样一个家庭的长女，长得好，又会处事，很早就帮助哥哥工作，深得外祖父信任，好多大事都找我母亲商议，所以外祖父经常到我家来，大舅被捕前据说也经常藏到我家来。我家西院的客房是经过特殊改造的，客厅的后窗直通后花园，打开就可以通过窗户逃走；在后花园与邻居接壤的小胡同，是两头封闭的，如果外人搜查，从西边看有墙隔着，从东边看也是一堵墙隔着，人藏在中间很难被发现。我们的后花园有两亩地，园内树木很多，高墙围着，但有几个出口很快就可以跑到西山和上北山，是个隐藏的好地方。抗战期间曾用这个双墙夹道藏东西和粮食，客房的住房有门，与东院的正房相通，挪开桌子打开门就可以跑到东院正房来，正房中厅有一门与后花园直接相通，是另一通道。

抗战爆发，由于我大舅刘经三之前的革命活动，一部分知识分子了解了共产党，尽管此时他已到延安，但我的许多亲戚都参加了共产党，参加抗日战争，如我大姑奶的孩子宗风文就是共产党员，当过阎锡山的教育厅厅长，后因身份暴露而牺牲。大姑奶的二儿子宗风武1937年参加革命，中华人民共和国成立后在济南市工作。我二姑奶奶嫁到段家，其大儿子改姓张，名叫张泽，1937年参加革命，中华人民共和国成立后在河南开封法院任院长，我们都戏称他为"包公叔叔"，二姑奶的小女儿也随兄姓张，后任上海造纸进出口公司总经理。我父亲在抗战初期离家去沂蒙山区参加革命，早在这之前他就参加了革命活动。我的叔父张潭早期也受其影响，在燕京大学读书时参加了"12·9"和"12·16"学生运动，1936

年就参加了共产党……他们这些人又影响了一大批人参加革命，是革命的种子。我母亲就是其中的一个，但她从不抛头露面，只是默默地工作着。

抗战时期，国民党杂牌军丁绂廷的部队曾三次剿我们的家，一次我躲在邻居家没有看到全过程，只是剿光后回家，看东西被翻得乱七八糟，没有做饭，好心的邻居都来帮忙和做饭。但母亲什么都没说，一切都吞到自己肚子里。过了不久第二次抄家，一个军官戴着墨镜，好似挂着一个卷起的军旗，手一指即各屋搜查，也没找到什么。军官问我："你是这家小孩吗？"我说是。军官手一挥士兵们就走了，他突然问我："你妈妈在吗？"我说："在，在屋里。"他说你叫她出来，我就喊母亲出来有人找。母亲推门出来，那军官摘掉墨镜喊："大姐，是我！"母亲认出了他，就请他到屋里坐，叫我在院子里守着。

他们到屋里说了什么我就不知道了，但那人走后母亲很紧张，神情不定，看起来很有心事。过去多少年后才知道那是林成佑（音），原来是共产党胶东的一个县委书记，又是母亲姨姊妹秀姑的丈夫，叛变后成了国民党杂牌军丁绂廷的参谋长，出卖过好多共产党员，是个大叛徒。那次他来抄家，告诉我家他没有出卖我的母亲，希望我母亲把党证烧掉，以后还会有人来抄家。我母亲没有烧掉党证，而是用猪膀胱包起来，藏到我们后花园的石墙缝里。后来怎么找也找不到了，这是一个大问题，如果被别人找到就要人头落地的，所以她一直提心吊胆，终日不得安宁。后来时间长了，才放下心来。

第三次抄家，是第二次抄家时隔几个月后，我和哥哥正在邻居家，一大帮国民党把我的母亲和祖母抓起来，要带到黄村去。

当时国民党顽固势力很凶，抓到黄村的很难回来，我们村 1941 年也驻过国民党杂牌军赵司令，后因与共产党闹摩擦，打了一仗逃跑了，也跑到黄村与丁绎廷部队会合，这次抄家的是从黄村来的。东西砸个稀巴烂，人绑在东村附近。这时村里来人说好话，用全村人的性命担保，其中三个人帮了大忙，段舟臣老先生；张建堂——我爷爷哥哥的儿子，知识分子曾当过中学校长；张松岩——我们村最大的地主，他们三个出人头担保，再加上全村人的努力，最终才得以活命。1947 年土改时，我们才知道他们二人相继去世的消息。他们在救我母亲和奶奶时，可真是出了力帮忙的。

父亲参加革命，还有母亲的功劳，当时抗日战争爆发，热血青年要保家卫国，那时我父亲是老师，又是三个孩子——哥哥、我和三弟的父亲，所以想在离家不远的地方参加抗日。恰逢国民党部队也打着抗日救国的旗号招兵买马，邀请我父亲当宣传大队长，因为他当过教师，字写得很好，口才也好，能写文章就上任了。去了一段看到这个部队的领导吃、喝、嫖、赌，不像真抗日，就不告而辞地跑回家。母亲看到这种情况，怕被抓回部队，就与父亲商量早早离家，去找共产党的部队。母亲通过内线——我大舅的关系给父亲开了去沂蒙山区工作的介绍信，并拿出自己的体己钱八个大洋，买了一辆自行车，其余的作为路费。父亲就与同是教师的好友胡洪泰（胡八庄人）一起越过铁路到沂蒙山参军了。胡洪泰刚结婚不久，进步青年，后来我和哥哥都在胡八庄上过小学，每逢路过他家门口，他家的房子很好，总有一位嫂嫂叫我们俩去他家吃，吃饭中间问我父亲有没有音信。当时我不知道她是什么意思，只能如实地讲，一直没有父亲的来信，她很失望的样子。

后来，日本投降了，1945年秋末，父亲重病，由沂蒙山到威海医院养病，路过家门回家看看，知道我们说的这种情况还专门到胡洪泰家看看，是我和警卫员一起陪他去的，因为他身体情况非常不好，心脏病很严重。后来父亲仔细讲了胡洪泰牺牲的过程，他与胡一起参军，在同一部队里，胡进步很快，一年多就当上了指导员。在一次反扫荡中，他们与日伪军周旋，走得很累就在一大麦场上休息，人很多，被日军发现了，偷袭上来。我军发现后就分两股突围，胡是随大股部队，我父亲随小股。日本人发现后就紧追大股部队，就在这次战斗中胡牺牲了，身中几枪，死前还用手挖了个坑把文件包埋上。后来打扫战场，发现了胡的尸体，是父亲亲手把他埋葬的。他把这情况告诉胡洪泰的妻子，我记得胡洪泰的妻子还到过我家几次，母亲给她做了好多工作。

整个抗日战争时期，母亲的党证丢了，当时都是秘密联系，大舅去了延安，也失去了联系，知道她共产党员身份的林成佑叛变投敌了，他没有揭发我母亲和他妻子是共产党员，这大概是由于亲戚关系吧，也可能是看在我母亲带着我们几个孩子的关系，使得他没对我们家下毒手吧。

抗战时期，国共尽管合作，但摩擦不断，丁绎廷的部队是反共的，杀了很多共产党人，盘踞的黄村就是个大杀场，黄村有一条河的河滩，活埋了许多共产党的抗日志士，有人形容这些沙滩的包包白天会动，中午长起来，晚上落下去，原因就是埋人太多，天热了尸首膨胀就长起来，日落天凉了包包就会缩小。由于丁是顽固派，共产党就彻底打下黄村活捉叛徒林成佑。巧得很，我们家西北庄村三面环山，一面平原，交通方便，也隐蔽，公安局就设在我村。恰巧林成佑被俘后就被羁押在东村（我们村被一条小河划分为东村和西村，我家住在西村）。突然，母亲的姨姊妹秀姑来到我家，才知道林已经被抓，就押在东村，她来的目的不是救林成佑，她说："他没救了，死所应得，但看着俩孩子的份上大冬天太冷，给他送件棉衣过冬吧。"母亲觉得这是情理之中的事情，尤其她和秀姑是从小的闺蜜。因为林是死罪重犯，但怎样才能把衣服送进去呢？想来想去，找到我二姑奶奶的儿子，当时在公安局工作的张泽叔叔想想办法，按理讲冬天给犯人送衣服不应成什么问题，但林成佑是叛徒，罪大恶极，对他就要特别慎重，说好绝对不能夹带任何信息，叫我哥哥送进去的，他当时只是个学生不会引起更多麻烦。后来林成佑在段家被公审判处死刑。

林死后的第一个春节，母亲派我和哥哥去秀姑家探望，带了好多过年的东西。母亲对我们说："虽然林成佑该死，但你们秀姑是个好人，她这个家可怎么过呀！"林死后，秀姑依然教她的书，俩儿子比我们小几岁，听说后来都长大成人，没受到很大的影响。

在整个抗日战争时期，由于我大舅被捕和从反省院逃出，经北京逃到延安，以及县委书记林成佑的背叛，母亲自己失掉了党证，在那时共产党还未公开活动的情况下，她只能不参加党的生活。但由于她的身份和为人，一直担任村里的妇女救国会会长，她曾抱怨说："若不是你们兄弟仨拖累，我也会脱产参加革命的。"她除了在家孝敬我的奶奶，又负责抚养教育三个儿子，还要负责全村的妇女工作、纺线、织布、做军鞋等支前

母亲刘梅婵

任务，还经常调解妇女们的家庭事宜。我们三个兄弟，小时候没穿过带补丁的衣服，穿得很干净，在母亲和奶奶的教育下，书读得很好，有礼貌、有教养。我哥哥张贤从小就是儿童团长，十五岁读初中时就加入了共产党，在胶东建设大学和解放军九纵队炮兵学校读书，济南战役是其毕业典礼，在战场上还遇到了我的父亲，后来分别南下，参加了淮海战役。而父亲当时在华野财委工作，南下泰安遭国军炮击，吉普车被打翻，心脏病发作，在济南救治，后就留济南敌产清理委员会和山东省法院与检察院工作。

解放区进行土地改革时，由于我家不是贫下中农，停止了母亲的妇救会会长职务，好在全国快要解放了，战局一天天好转，济南战役结束，父亲就留在济南市工作，中华人民共和国刚成立后不久，就接母亲去济南与父亲团聚。抗战八年没有在一起，也未见过面，三年解放战争也就累计在家住过一个月吧，这就是战争年月的革命者。说老实话，中国革命者中，这些妇女立下了不朽的功勋，一声不吭地养育子女，孝敬着公婆，支援着前线。虽然没有参战，但是她们所做的值得所有人尊敬，这才是胜利之本，是中国的脊梁。革命回忆录应该把这部分补上去，不要只宣传胜利者当了什么官，好似谁的官大谁就有功劳。

母亲，我的妈妈是一位重情义，有恩必报的人，她没有仇人，只有恩人，所以人人都敬重她。

以此文纪念我的母亲！

张洪义
2020 年 1 月 10 日

刘梅婵与丈夫和四子及长孙女张卓

探秘父亲的老家西北庄

张育南

父亲的离去使我和妹妹非常难受,我们小时候,父母从来不烧纸,这就使得我们对于亲人的死亡毫无概念。六年前母亲因为癌症离去,我惊诧地看见父亲在母亲临走一周之前的一天哭了,那是我第一次看到父亲哭泣,在此之前他从不让我和妹妹见到他软弱的一面。

父母双亲在,就为子女筑起了遮挡和回避死亡和衰老的一道心理上的防护墙,其中一个走了,子女对剩下的那个悉心孝顺,其实说白了也并不全是为了报答养育之恩,更多的不过是想让已经漏风漏雨的那道为自己这代人抵挡死亡和衰老的护墙变得更坚固一点而已,但他们终究会老去,我们也会再成为其他人的护墙。

母亲去世,我们可以陪着父亲去办理手续,但房子户口中还有人在;等父亲去世时,我和妹妹去派出所办理的就是销户手续,从此这个房子·中就没有我的家人的户口了。我们收拾着父母这些年来留下的物品,他们俩的相册,从那些我们听过但没见过的他们的父母和同学朋友,到我们见过和交往过的亲人长辈,再到我们小时候和后来逐渐成长为成人、组成家庭，以及他们渐渐衰老的印记，都在相册的照片上一一呈现。

母亲喜爱留下每年的挂历，卷成一卷一卷的放在抽屉里，在我看来是时光和年华的印记，舍不得扔，又不知怎么存放，我们只能把它们像废纸一样清理了。家里有一张木制的大书桌，有两层抽屉，我们小时候经常站在上面玩耍，甚至小时候躲在抽屉下面放腿的洞中，真是记忆深刻，估计这张桌子也要变成废品了。还有三件家具是父母找木匠做的，他们自己也出力了，起初颜色和硝基清漆都是母亲刷的，其中一件也得处理掉了。母亲在我们小时候经常用的鹿牌缝纫机，她经常自己用它改衣服，我们小时候也常用它帮着母亲扎鞋垫，也是不知怎么处理。更别说父母留下的衣服和被子，有好多看了看是有他们穿着时的印象的，舍不得扔又没处放，最后估计还得扔掉或者卖废品。不起眼的一个小小的家，收拾起来竟然有那么多难舍之物和令人唏嘘的地方，这和我曾经上学离家与购房搬家完全不同。老人到一定岁数后一定要自己先处理好这些东西，留下点精细不占地方的留给后人即可，免得子女触景生情、睹物思人。

父亲遗物中的手稿是不能扔的，母亲的《管理运筹学》教学讲义字迹工整，虽然那些公式我都不懂，但可以看出她是一位非常认真负责又细心的老师；父亲这边，我找到了一份打印的笔记夹着一份手稿，打印稿不知是谁帮着完成的，手稿是记录他的母亲——我出生前就去世的奶奶的文字。应该是他找他们研究所的秘书录入的，因为他退休后玉柴（广西玉柴机器集团有限公司）与他们学校一起合办了一个研究所，他在84岁前一直被返聘为那里的顾问。后来到2019年末，他已经84岁了，觉得再返聘已经不能给单位带来价值了，所以就辞职，真正意义上的不再从事任何工作了。

父亲于2014年写下这些文字可能是由我给他带回去的紫藤上的一个枝条引起的,那年我的朋友史晓明大哥在乳山银滩买了房子,我和史大哥说我父亲老家在乳山,并且我很小就知道父亲家院子里有两棵很大的树,史大哥就按照线索找到了西北庄。看到藤树被风刮断,但地上又长出了新的枝杈,于是从刮断的藤蔓上裁下一根,作为礼物拿回北京让我送给父亲。史大哥本身极为聪明,又是旅游方面的专家,而且很早就在家自己摆弄木制工艺品,非常有情趣。他选中的紫藤上有一个小小的枝杈,非常好看,几乎可以放在玻璃盒子里做礼品,史大哥建议用绸布做衬底,但我觉得太像人参或者中药什么的了,一直没弄衬布,就原模原样把藤枝拿回大连给父亲了。估计是这条紫藤勾起了父亲的思乡之情,于是父亲人生最年轻岁月的记忆就这样跃然纸上,此时我才发现父亲的乡土情结也在我的血脉中深深烙印了下来。

我是学习建筑学设计的,一直以来思想比较自由,大学时代热衷寻求欧美现代主义建筑表现出来的简洁明快之美,相对而言对中国传统建筑和民居是比较忽略的。我觉得村落和民居相对简单,没有那些复杂的大型建筑和城市综合体值得探讨。而且学习技术就是要学习与时俱进的新的东西和方法,学习文化又需要有更多超越建筑这种物质性载体的东西,让现在人把那些几十年甚至几百年前的民居建筑进行研究说有什么科学的门道甚至比当代科学还先进,总有点自吹自擂的感觉。几百年来,科技和材料都有所发展,用科学的手段来说过去普通的房屋如何比现在还先进,就不是人类文明进化论的体现了。但是此时,随着父亲的离世,不知怎么我却突然对他记录那个有两棵大树的老家院子起了兴致,由于各种原因,我从没有去过那里,仅在照片上看到过伯父、父亲和三叔在20世纪90

年代左右在院子中的照片，后来也在网上看到那两棵互相缠绕的大树的照片。

父亲既已不在，我是否应该替他看一下他在笔记中记录的生前很想去看的地方呢？此时正值寒假假期，封控也已经结束，何妨做一次探秘父亲家乡的旅行呢？妻子最初不想我出门，但最终没有阻拦，于是我匆匆订了一张从北京前往烟台的车票，我打算从烟台租车自驾到乳山，用一场说走就走的旅行，完成自己寻根问祖的探秘。

曾几何时，我希望女儿在成人前独自或者和我一起在各地旅行，看看这个世界的千姿百态，在进入大学选择学科前通过游历社会确定自己将来努力的方向，但是由于新冠和其他原因，她的那场旅行没能完成。如今，随着父亲的离去，轮到我终于可以在闲暇之余也不用去看他而更自由地安排自己的旅行了，那就首先去他的家乡看看那些令他和老奶奶留恋的乐土吧。

在去往烟台的火车上，我把父亲记录他母亲的那一段文字录入了电脑，火车上不时传出和父亲胶东口音相似的腔调。过去在我们家，母亲总是挤着眼睛笑从不改乡音的父亲发音很土，但现在那些腔调听着却让我觉得格外亲切。

火车上邻座的大哥有时也瞥一眼看看父亲的手稿，于是我和他说起了这次旅行的原委，他夸赞父亲这字写得真不错，也告诉我一些关于胶东的风土人情。他还帮我在百度上查了父亲的大舅刘经三的事迹，说他曾经为了革命筹集资金绑架了自己的父亲，我也是第一次听到这事，感觉很诧异，说他事后告知了他的父亲是因为革命筹款迫不得已才出此下策，并很快得到外祖父的原谅和支持。我还是觉得似乎有点离谱和有趣，但后来在《红色乳山》这本书中真的看到了这个故事，居然是真有其事。

下午四五点到了烟台，我租上车一路南行，路上顺着导航的指引到乳山的酒店，天气不是很好，外面下着小雨，夜幕降临后一些郊区的路有点黑。朋友帮我选的旅馆在乳山市中心，开车进入时农历新年刚过，宾馆周边的树上挂着很多红色的灯笼。正月时节刚过隆冬腊月，这里落叶植物中却有许多常绿的植物依然枝叶茂盛，红色的灯笼与之搭配异常喜庆，真是北方地区为数不多的冬季景观。

　　宾馆的房间内放着两本书，其中一本名为《红色乳山》，好奇地翻开书后，父亲在文章中记述的于洲、于得水、徐宗尧、他的大舅刘经三、外祖父刘岐峰和宋洪武等人的照片和事迹在书中都有记载，赵司令和丁绋廷等反派人物也都能找到翔实的记录。那本书我看到了深夜，很奇怪为什么宾馆会凑巧放着这么一本和父亲的记录有着如此密切关联的书籍，后来问服务员才知道这个宾馆是政府宾馆，为了推广和宣传红色教育，每个房间都要求放这样的书。如果不是父亲的记录，我可能平时压根不会去看这样的书，但父亲的笔记使我对此产生了兴趣，我不自觉地在书上标上了一些记号。后来我找人又要了一本还给宾馆，将那本标着记号的书带回了北京，多么有趣的缘分啊。

西北庄的印象

第二天导航开车去西北庄村,到了一个村子后人们根本不知道我说的树木在哪里,后来仔细打听,有老乡告诉我乳山有两个西北庄村,而恰巧这两个村的村南也都有个马家营村,后来想起来史大哥当时也碰到类似的事情。这两个村一个在白沙滩镇,后来更名为南西北庄村;而我的老家位于距离市中心更近的夏村的西北庄村。于是更正了导航,导到夏村的西北庄村村委会。路并不算难走,一路上看到的村镇和道路都很安静整齐,与父亲记录他 20 世纪 90 年代回乡看到的落后的农村已经有很大的不同,现代化气息已经随着国家和地区整体的经济发展来到这里。尽管还是有点简陋,但感觉沿街商业零售网点已经比较密集,建筑外摆放的货品丰富,只是建筑本身缺乏更讲究细致的立面处理,但这里仍然保留着一种与大

透出院墙向我招手的大树

都市不同的、与自然和土地亲近的乡土景观。

终于看到了父亲的老家，那棵存留的大树透出院墙向我招手，院墙的大门向东，上面还有一些繁体字的字迹。旁边隔着道路就是父亲笔记中那条淌着清清流水的小河，河水几乎清可见底，河面大约 10 至 20 米宽，河的两面已经做成水泥的坝体。整个村子坐落在东西北三片浅山环抱之中的一个小山坳中。

我把车停在院子旁的公交站广场上，望见院子的大门紧锁，但仍可透过大门的铁栅栏看到院内的景观，此时恰逢正月，大树上没有叶子，但从虬枝漫卷的枝丫也能想象出夏季里绿意盎然的景象。跨过河到东边，看到一个广场（大晒谷场）北面村委会的楼，连着一个村里的小超市。村委会没有人，我与超市的女老板聊了一阵。她听说我来看大树很高兴，但告诉我这个村里已经没有张潭（父亲的叔父，我二爷）的亲人了，过了一阵我告诉她我是这个院子主人的后代，我就是张潭的亲人和晚辈，她很诧异，热情地帮我联系了有大门钥匙的村主任。

过了不多时，村主任回来了。村主任姓宋，后来听说似乎也是一个老革命的后代，当时打电话时正在外面开会，有些不耐烦，毕竟事先没有联系，打乱了人家的安排。但见了面一会儿他就变得热情了起来，带我进院子看一下。他告诉我过去的紫藤主干枯死，但地下又长出了一个新的枝蔓，粗细已大不如从前。紫藤枯萎后小叶朴树有点倾斜，正在找政府拨钱整理，毕竟已经是二百多年的古树了！根据后来市里的朋友给拿来的《乳山市志》记载，紫藤更是年代久远，为 1736 年（正处于清朝乾隆年间）栽种，目前新枝又重新长起。围绕大树有一圈石头砌的围栏，其中一块石头上写着"朴葳藤蕤"，标志着两棵大树曾经的勃勃生机。

小叶朴树并不像古藤或者北方的槐树那样有苍劲之感,但是枝干也出挑得很长,稍有点像梧桐。通常在北京,或者在我们学校里,这样古树的一些重要干枝会被架上一些金属支架,用于保护其不会

胶东西北庄农居

墙上的栓马桩

被大风折断，但在这里，还是完全依靠构成枝条本身的木材的坚韧程度，任其枝条自然发展而不加支护，所以我有些担心大树遇到强风会再次受损。

村主任带着我在村子里转了转，并指给我看当时被小叔（张奇）卖了后来在家里起了争议的那处房子，其实只是房子的一小部分，长着大树的院子和院里的房屋小叔并未拿去卖，因此那些房子名义上还是我们张家的吧，但所有亲戚谁也不在村子里住，所以交给村委做医疗站和老年人活动站，可能此时正值正月，就医需求不是那么多，老人们怕冷不愿意出门，因此院门就常常锁着。

村子里的建筑虽然质朴但也算用料讲究，底部腰线以下用大块石材砌筑，上面用砖瓦并粉刷，而且一些建筑上还砌着可供拴马和

西北庄的老家因作为医疗和养老驿站，现在叫幸福院（名称来自两棵树的记录）
摘自《乳山县志 1996—2015》，第 539—540 页

"朴葳藤蕤"如今只剩"朴葳",藤在被风折断后重新长出

"朴葳藤蕤"曾经的样子

西北庄的记忆——回忆老家的几件事

1993年父亲母亲在两棵树下的合影

其他牲口的拴马桩，是在墙上石材上挖一个带"鼻梁"的小洞，但现在家家已经几乎没有牲畜可拴了，于是成了老建筑的一种标志。我问村主任这些石材墙面是老的还是新的，村主任说老的石墙石头都是绿色，许多我看到的灰色石材墙面都是比较新砌筑的。谈着谈着我们的关系不知不觉地逐渐拉近了，不像刚见面的生疏，他爽快地答应带我开车去北面山坡上看看我的老奶奶（我父亲的奶奶）段竹三的墓。

曾祖母的墓碑

老奶奶是我小时候亲眼见到过的家族长辈中最老的,在父亲眼中,她是家族的守护神,老人 20 世纪 80 年代还在,后来活到了 97 岁。记得小时候每次父亲带我去北京都会特意去二爷家看看老奶奶,由于 1949 年坐船上东北的经历,她对父亲有一种特殊的感情,能看出她对当时还未上学的我和妹妹也非常关注。并且父亲总是给我讲她的各种故事,比如抗日战争时她作为"一介女流"在家里和我的奶奶储存着一些枪支和手榴弹防身,还曾因主动为八路军捐钱买枪支上了报纸;老奶奶洞悉人性和欲望但又明白人生还有更高目标,她对于小孩和大人们有馋嘴的描述:"披着张人皮,哪有不馋的",但总是后面加上一句:"馋完之后好好读书就行。"所以她在吃穿上从不吝啬,又舍得卖房卖地为两个儿子和孙辈上学读书创造条件。

我那时见到老奶奶时她和二爷家人住在一起,我清楚地记得地址位于什刹海前海东沿 68 号,因为二爷画画总是在自己的画上标记这个画画的地方,那时他们与蔡和森的女儿蔡妮合住一个合院,后来那个院子被拆了,那院子的旧址现在变成火神庙西边的那部分。我在前年参与测绘鼓楼的一些四合院改造项目经过什刹海问姑姑才知道那院子没了,知道后我还开玩笑地对二爷家的叔叔们说:"原来咱们家是火神的亲戚啊。"后来据说来了个新的保姆,为她着想改变了床的摆放位置,结果老奶奶没习惯仍按照原来习惯晚上走错方位摔倒了,很快人就不行了。父亲那时在哈尔滨,看到信之后很伤心,但毕竟人已如此高寿,心里也就释怀。

记得当年老奶奶活着的时候,什刹海二爷家有间屋子门框顶上就有幅她的小画像，是用国画手法画的，但非常传神，刻画出她饱经风霜而依然坚强的样子，应该出自二爷的一位著名画家朋友。此外，我家里还保留着我父母在北京结婚时，他们与老奶奶的合影，当时是1967年，老奶奶已经在北京生活了十几年，从照片上看得出她对父亲的婚事非常高兴，好几张照片上还有二爷的小儿子四宝叔。后来听我姑姑说她还特意叮嘱爱和父母在一起玩的四宝叔不要老黏着我父母，给这对新婚的哥哥嫂嫂当灯泡。

新婚的父母与老奶奶和四叔

老奶奶对很多事情特别有主见，而且往往为了自己的远见可以不拘泥于当时的政策墨守成规。当年父亲的堂叔张建堂因为是地主，又曾经参加国民党，其人虽已病故，但他的家人很容易被村民们欺负。作为远房亲戚和长辈的老奶奶坚决将张建堂儿子和女儿们迁到外地上学，避免了这些亲戚的子女因家庭成分不好在乡里受气，或者不能正常上学耽误前途。如今他的后人好多在北京，和我们都关系很好，其中一位姐姐是学规划的，后来对我在规划设计方面帮助很大。

我的堂叔和姑姑们也都很佩服老奶奶能舍己为人，据说一次老奶奶在北京的胡同被一个骑着自行车的年轻人撞倒了，老奶奶一反常人缉拿肇事者的态度，倒在地上还没爬起来就告诉那人快跑，好在对方也是忠厚的好人并没有跑，老奶奶也没被撞坏，送到家里晚辈们听了都很佩服。

我姑姑曾说老奶奶的墓是她去世后好久，甚至二爷都去世后才移过来的，一直想找块合适的墓地但都没能如愿，存在殡仪馆时间长了也不是个办法，所以最终考虑迁回老家，与列祖列宗们同葬。

看着老奶奶的墓，建得着实比城市里的要大一些，但景观花卉和环境没那么讲究。我在北京刚刚帮朋友设计墓碑，母亲也已经在大连下葬一些年，因此我知道城里的墓，尤其是北京的墓园有多贵，在这里土地宽敞，用地就相对随便也便宜些，所以墓也可以建得稍宽敞一些。

老奶奶照片和我小时候印象中的形象差不多，但感觉没有二爷家挂的那幅国画传神，那幅画更能够更传神表现老太太倔强和顽强又饱经风雨的样子。来这里之前，我在小卖部等村主任时打电话问过姑姑——我二爷的女儿，老奶奶唯一的孙女："我需不需要买些祭品？"姑姑说："咱们家可不讲究那些，你就像我们一样，给她鞠三个躬就可以了。"于是，我在那里恭恭敬敬地按照自家规矩给我父亲笔记中他最敬爱的奶奶——我的曾祖母鞠了三个躬。每个家庭有自己对祖先表达敬意和思念的方式，何必都去用钱买那些普通的祭品以求得心理安慰？

父亲口中的村中动物趣事

下山时看我有意问起村主任村子里有什么动物,其实主要是想知道是否还有猫头鹰和黄鼠狼,他说有,但是不多了。在希腊文化中,猫头鹰则是雅典娜的化身,是一种充满智慧和灵性的动物,但在这里,父亲前面的笔记中也谈到过,村中的人们对它们有一种迷信的偏见,我很替这种鸟儿的结局感到担忧。

至于黄鼠狼,这里还有一些故事:父亲说以前他们这后花园,就是长着两棵大树的院子里树很多,还堆满草垛,下面有很多黄鼠狼,经常和他们家的猫玩耍。虽然他们自己家的鸡从来没丢过,但

父亲印象中的黄鼠狼(黄鼬),有黄色,也有稀有的白色

有时老奶奶要把草卖了时，就会拄着拐到这些草垛旁一边敲一边喊："要搬家了哈！"那些黄鼠狼居然一只叼着一只尾巴真的搬起家来了。搬完草垛，他们总是能在底下看到一堆一堆的鸡毛，不知是黄鼠狼偷吃的鸡还是只是搜集或叼来的鸡毛。老奶奶还真是把它们当作有灵性的动物来对话了。

小时候听父亲讲述西北庄的这些故事我觉得很有趣，尽管我从小就在城市里生活，没有亲身经历这些有趣的事，但反而觉得这种有奇趣故事的地方才不愧为老家，听得津津有味。想起后来看到的《坎坷伯雷故事集》和《白鹿原》都有点这种感觉，还有看到一部蒂姆·伯顿拍摄的电影《大鱼》（*Big Fish*），那影片里的父亲是主人公，就是总和儿子讲起他年轻时如何遇到巨人，遇到各种奇特的人和奇怪的小镇的经历，最后还怎样在马戏团老板处通过打工得知他母亲的信息，终于去奥本大学找到了她。我曾在 2014 年到 2015 年在奥本大学访学，感觉父亲老家西北庄在他口中就有些像影片《大鱼》中的某些场景，父亲也有点像那部影片中经历各种趣事的父亲。我父亲和他的奶奶在海上遇难最后得救，难道不是还有一点点像《少年派的奇幻漂流》（*Life of Pi*）吗？

有时我在想，这里已没有亲人，但为何我有如此强烈的乡土情，难道只是因为那些物质上的东西？没有了英烈的故事，没有了神奇的传说，没有了祖先和亲人留下的强烈信息，绿水青山我也只当是他乡美景罢了，如何能产生这种探求自己根源的想法？如果没有一些耳濡目染的神奇故事，又如何能够帮助我在父亲逝世后疗伤？父亲笔下的西北庄之所以能够令我心向往之，也是由于他从前的叙述和他笔记中综合了这自然和巧合以及奇异的林林总总的各类因素。

当初父亲来北京时，一次去拜访他东北实验中学的同桌张晓霁阿姨，她将她曾经写的回忆录赠予父亲，还鼓动父亲也能抽空写点什么口述的历史，结果被父亲一口回绝，主要是父亲觉得他自己家人并不像阿姨父亲家那么高的职位，他也并不了解很多风云变化的大内幕，况且父亲也从来对政治的题材不怎么提得起兴趣。

父亲说起政治变迁往往让人无从准备，偶尔也会笑着提起儿时的往事，那是他和伯父在这个老家院子里的事。他说伯父比他大五岁，自小就是村子里的孩子头和儿童团长，对政治敏感，但对数学等自然科学的描述则不是很精准，父亲那时岁数小只能算儿童团的编外。他们小的时候一起看宣传反法西斯的报纸，标题为：铁托将军率领一百万大军解放南斯拉夫。父亲第一次听说这么大的数字，十几岁的伯父为显示自己更成熟，煞有介事地对父亲说："一百万，你知道有多多吗？"尚为小学生的父亲说："不知道啊！你说那是多少呢？"其实父亲那时对一百万早已经门清，但为了讨好伯父，拍他哥哥的马屁"混进"儿童团，假装不知道。"比……比咱们后院那几个草垛子中所有的草加起来数量还多呢！""那么多啊！真多，那南斯拉夫的坏人不就一下子被这大将军带领的人都打跑了！他太厉害了！""那当然了！"父亲成功地讨好了作为孩子王的伯父。几个月后，父亲和伯父又看到一张报纸上画着讽刺铁托的插画，标题记不清了，这估计是因为铁托在美苏之间周旋使得国内的风评变了调子吧。父亲"混"进儿童团，想和伯父闹着玩，又故意装作不懂事好奇地问："大哥你看，铁托从前不是大将军吗？怎么这一下子又讽刺起他来了呢？"这是父亲故意将伯父一下。"这个嘛，可能是大将军太骄傲了吧！"伯父仍旧是煞有介事地回答，父亲已经心里笑得快忍不住了，但仍旧嘴上夸着伯父："大哥你真懂啊。"还给伯父按摩着，记得父亲当时在世时用威海乳山腔调说此事的感觉特别有意思。

父亲与伯父在大树下

从此,父亲对政治性的宣传失去了特别急迫的追随。甚至平时尽量回避那种"革命干部"式的腔调,而且他也不是那种喜爱舞文弄墨的性格,讲究实用性的工科思考方式贯穿了他后来的生活,甚至他觉得被二爷羡慕的那种不做官的知识分子们的生活更为惬意和符合自己的追求。他一方面为自己的亲朋沾上那点"官气"和"贵气"有点小小的骄傲,另一方面又要与那些只知道攀附上级的人划清界限。那又是什么使得父亲终于禁不住拿起笔墨将自己的故乡往事记录下来了呢?

后来伯父在北京一个军事研究机构担任政委,去世前在北京瘫痪了将近十年之久,父亲来北京看他,当时轮椅上的伯父已经口齿不清,但还咿咿呀呀地和父亲说他俩要结伴回到老家去看看。当时连堂哥和伯母都笑了,快九十多岁已经瘫痪十年的老人,都让人照顾了那么长时间,也不怕麻烦这些亲人,还吵吵着要回老家看看,胶东人想念老家的心就是这么重?

村主任留我在村子吃饭,但我告诉他这边已经和别的朋友约了见面,我虽然就是个普通教师,但到哪还是都能交往些朋友的,这也是我的本事。和村主任道别后,见到当地几位朋友,他们特地拿了一些《乳山县志》和《乳山年鉴》给我,还有还给宾馆的那本《红色乳山》,真感谢这些朋友能帮我找到这些珍贵的资料,也谢谢我一位许久没见的师兄,是他给我介绍的这些朋友。

到了下午,想起姑姑还建议我去父亲的外祖父的村子黄疃去看看,于是我导航开车过去,路途不远,中途经过一个叫大孤山的地方,真的有点使人想起《指环王》中类似的地名。其实附近还有一个昆嵛山,据说是当时全真七子修炼的地方,本来就是地方的历史名胜,更是随着金庸先生的小说出了名。父亲的故乡就是这么有趣,随处都有好似散发着神奇光芒的地名。

黄疃的巧遇

父亲外祖父居住的黄疃比西北庄村要大一些,到了这里我问人家他的大舅刘经三烈士的故居,想来他应该算是这里的一位名人吧。

以前我不认得这个"疃"字,但听父亲说过老奶奶对他们教育:"小男人管锅管碗,大男人管村管疃",希望男孩子们尽量不要在意吃喝玩乐等生活细节,要有做管理者的更大抱负。原来这"疃"即是村子的意思,过去的人们觉得男子能管个村子就算有些本事了,估计再大的官也不容易见到,但今天怎么听着感觉就如同说别把村主任不当干部一样。哎!由于我家那位对锅碗管理的要求太繁杂,我连个"疃"都没管上啊!

刘岐峰和刘经三故居大门现状

○○○ 未曾归去的老家——西北庄的回忆

黄疃街景

正月的黄疃外悠然见南山，南山那边是海

我向人打听，人们还基本都知道刘经三这么个人，也都知道他的故居在哪，于是给我指了方向，只是他们手头都有点忙，没能指示得很明确，致使我老是在村子里跑来跑去。终于赶上一个热心的大姐，带我到房子周边，让我敲门看看那房子里有没有人，敲了半天没反应。走了这么远来到这里，不仅是一个亲人也没有，甚至连故去亲人的院子都没进去，不禁有点失望和遗憾。

黄疃是坐落在四面丘陵的小平原上的村庄，往四面看去都有不太高的山丘，离海滩的距离不远。对我这个总在拥挤大城市生活的人来说，这里的景观算是比较开阔和放松的。这里的建筑和西北庄差不多，都属于胶东民居的特色加上点现代混凝土构造的东西，两个村子都很干净，不像我去过的一些村子有很重的牲畜粪便味道，尽管此时正值农历正月地面没有植物的覆盖，土壤大多裸露，但是村子里的街道上也没有尘土飞扬的感觉。

父亲外祖父的故居在村子最靠东面的位置，门朝东，外面挂着木制的牌子，写着刘经三故居。进入院子后感觉院子尽管不是很大，但也一定程度能显示出当年主人家的财力。转头走进向南的正房。我从父亲的笔记中得知这里曾经是八九十年前父亲大舅刘经三进行各种革命活动的据点之一，《红色乳山》曾经写过刘经三办霄龙寺地下联络站的事情，但这里作为刘经三和他父亲的家，何尝不是接待当年革命者联络的据点，连父亲小时候都记得在这里见过形形色色的人，徐宗尧老爷爷还在这里教过童年的父亲下棋呢！可惜没人在，看不见里面什么样。

出乎意料的是她不经意告诉我这村子里现在还有刘经三的后代，令我特别激动，那可是我的亲人啊！于是她带我去家里住处，

○○○ 未曾归去的老家——西北庄的回忆

刘岐峰和刘经三故居院内现状1

刘岐峰和刘经三故居院内现状2

但敲门也不开,难道刚刚燃起的希望又要被扑灭了吗?她又带我回到刘经三故居的房门口,教我扭了一下门口的铜环,门竟然开了,原来是我不知道这院门的开法。

院子不小,里面虽然简朴但挺干净,如果是北京就会种上花花草草弄得极为考究,但在农村只能是这么一种生产性景观,似乎人们还未能体验这种乡村生活的宝贵之处。想起在北京只有二爷在世时可以住三进的四合院,他为了画画在中院的水盆里养了只乌龟和一些小鱼,从我小时去看就有;在后院养八哥、鸽子、兔子和鸡等动物,非常让人羡慕。这里是农村,人们本来不是很忙碌,反倒没有那种闲情逸致,无论多大和多小或者多么精贵和多么便宜的空间,打理好自己的生活起居,让生活散发出美好的光才是人生的赢家。我曾经去西班牙的偏僻村庄,看到人们用各种鲜花花篮和情趣小品点缀自家庭院,这里的空间也完全足够,但人们可能仍旧将目光聚焦于辛苦挣钱获得生存机遇,忘记了眼前就能实现的美好生活的可能性。

走进正房,屋内坐着两个女人,一位年纪较大,据说是刘经三堂弟的妻子,按辈分算是和我奶奶同辈,但岁数和我父亲差不多,大家族人多就是有时这同辈的岁数差得比较大。听说她在新冠后还没有"阳"过,我有些担心。另一位女子是刘经三的孙媳,算是我的大嫂,她起初并不知道我这个亲戚,甚至没听说过刘经三有个大妹妹,也就是我奶奶这个人,亲戚长时间不走动,就有些淡忘了,但她听完我的介绍还是决定带我去找她的丈夫,说今天是农历新年后第一天出去干活。他下午刚走没多久,和另几个工友一起去林地里干活了,也没带手机,所以联系不上。我开车拉着她往山里去找,在一个据说是即将建成的高铁高架桥下转了很久,跨过了一条河,终于看见了我应该叫堂表哥的亲戚放在工地上的摩托车。

说实话，这是我为数不多的几次与农民的生活如此接近，我过去组织和参与过几次测绘到农村，但仅限于研究民居和传统建筑，对农民的工作几乎不了解。而且我们测绘基本都是在夏季，因为总不能在正月天寒地冻时把学生领出去测绘吧。我们下车后往山坡上爬，找了很久，到处是林地，看不见人，大嫂说我的衣服太单薄，又不戴帽子，怕我凉着，我说没事咱们接着找人。这个场景有些荒凉，和我想象中春天农忙的劳作场景有点不一样。在我的印象中，新年开始的林地农业是应该有一些诗意的，但当时可能真的是太冷了，没能欣赏得了攀援猕猴桃果园的景象。

终于看见一些人，见到了这个来自奶奶那边血亲的远房大哥，或者我应该称为堂表哥，七十多岁，脸被风吹得通红，但身子骨挺硬朗，淳朴的农民模样，人非常友好。听说我是他爷爷大妹妹的孙子，和我说话格外热情，告诉我他们已经忙完了地上猕猴桃剪枝的

油画：故乡肴香又香

活,但他们工地几个人需要等到五点才能下班离开。此时已经四点半,我说:"那就先拍张照片,等五点再发给老板呗!""那哪行!老板从时间上能看出来!"我心里暗想这不是有好多方法作弊吗,反正活都干完了,但也懒得教他们,不要让这些淳朴的人都变坏了。

我和大嫂先回村里,说好留我在这里吃饭,问了大嫂家里的情况,有一个儿子,在石岛打工,在城里居住。不一会儿,大哥回来了,还带来了他弟弟,我应该叫三哥,六十多岁,他更是热情,直接把我和大哥都领到他家吃饭去了。进门以后三嫂正在做饭,还有一位客人。三哥的孩子也在家,还有一位可爱的小女孩,刚会走路。

我本想带他们出去吃饭,但两个哥哥说这里的规矩是有亲人来在家吃饭,说实在开始真的很勉强,因为我素来怕农村卫生条件差,还有我特别不习惯坐矮凳子吃饭,好像肚子窝着。但说实在的三哥家房子收拾得挺整洁,打消了我的顾虑。三嫂在炕上放着案板包饺子,我们在一个比较矮的小桌上吃饭,饭菜很丰盛,有炸桑蚕蛹、炒蚬子、炸牡蛎、卤鸡爪,还有热腾腾的饺子,三哥的农家饭比我平时在家吃的丰盛很多。尤其是蚕蛹,好多人不敢吃,可我从小就挺爱吃的,似乎也是父亲带给我的习惯,就连我女儿也被带着爱吃蚕蛹。都说"亲不亲,故乡人;美不美,故乡水。"是否还得再加上一句"香不香,故乡肴"呢?

吃饭的时候和饭后禁不住拉起家常,他们哥俩透出对我们张家后来发展的些许羡慕,我说你们的爷爷不是在本地更"出名"吗?在《红色乳山》和《乳山县志》上都有记载,我爷爷和二爷可没有他在地方上有名。他们说没沾上自己爷爷的光,原因是他曾被认为有历史问题,直到1983年才追认为烈士,刘经三的大儿子——他们的大伯在解放战争中牺牲,也是烈士。在他们该上学的时候,正逢"文革",所以小学毕业后都不让他们去读中学,后来也没什么文化,就只能一辈子务农了。我安慰他们,别看我在北京的大学里工作,其实也就是勉强糊口,倒是觉得他们村子里生活只要有点经济基础就可以非常安逸闲适,而且远离大城市的喧嚣吵闹。农村有农村的苦,城市有城市的难,人生虽然需要不断地奋斗和努力,但能随遇而安地享受生活也不失为一种境界。

父亲的大舅为了革命事业,简直真的是有点太忘我了,甚至为了给革命筹钱绑架过自己亲爹(这事在《红色乳山》上有记录,估计我父亲都不一定知道,他只听奶奶说过:"那可不是个过日子的人,整天风风火火,把家搅和得乱七八糟,还总是让他爹替他收拾残局"),他当年还与谷牧并肩战斗过(我听姑姑说新中国成立后看见过我父亲的外祖父刘岐峰,他来京一般都住在谷牧家,再到二爷家看我的老奶奶),而且他的弟弟和大儿子也在解放战争中牺牲。听父亲说起他外祖父最后的时光,其实还是有些伤心的,那位老人把自己两个儿子和一个孙子的性命都献给了革命事业,从前攒下的财产也都分了,但后来还是把他划成"富农",成分不是太好。那时不知他何时交往的好友——据说他的"把兄弟"陈嘉庚先生写信叫他去南洋,说可以带上一个男性的晚辈前往,结果家中没有一个晚辈肯陪或者有条件能陪着他去,最后自己也兴致索然,都不好意思过去见朋友了,就一直自己在烟台行医,直至生命终结。

父亲外祖父在我的老爷爷死后经常来周济同学的家属,帮年轻时的老奶奶教导爷爷、二爷,算起来那应该是一百年前的事情了,而且后来不顾我们张家当年家庭经济条件与他们家相差悬殊,毅然作主把自己最心爱的女儿——我奶奶嫁给了我爷爷,这才以后有了父亲的兄弟们和我们这一支张家后人的血脉。我想他应该不会是一位为了兑现当时的承诺就对女儿不负责任的莽撞之人吧？极大的可能是他在多年帮扶老奶奶和教导爷爷的过程中看到了我爷爷身上闪光的东西，才觉得可以将自己的女儿托付于他，在他这种人看来或许家庭经济状况并不是他在意的因素，即便当时可能也没有一位父亲会不负责任地将自己的爱女所托非人。

我希望这两位哥哥生活得幸福，从一些角度看他们是我的亲人，从另一种社会道义的角度上讲，希望当今社会对得起当时为理想义无反顾献身的每一位志士，包括刘经三、刘经五两位前辈和无条件支持他们的刘岐峰老人。我不是什么名人或者领导，也没有那种非凡的号召力和领导力，不晓得怎样才算能恰如其分地呼吁对这些所谓的烈士家属给予帮助。从某种方面，如果他们能不受外界干预并安心宁静地享受这片乐土给他们带来的美满和欢乐，不正是他们的前人想要奋斗的结果吗？

黄疃虽然不是我的老家，但是我奶奶出嫁前居住的地方，也是我父亲小时候常来的地方。我父亲的小弟弟，我的小叔（四叔）在济南工作的爷爷和奶奶死时才十多岁，也被从省会济南送到这里和刚才的大哥一起上学，让奶奶的妹妹来管，那时的城里人还是把乡村老家看成自己的根据地。可是后来因城乡发展的速度差异，教育资源也格外地城乡不均衡，再也不会有那时的做法了。父亲他们三兄弟也真是。想想老奶奶那时就能够毅然割舍亲情，让一个个孩子去有比较优质教育资源的地方读书，远见的确不一般。但经过几十年的变化，过去的所谓"知识改变命运"也在悄然发生变化，现在许多教育和科研也变得似乎不是那么实在了。但不管如何，努力地用教育手段挖掘人们自身的潜能总不会错。

我和两位堂表哥哥和他们的家人快乐地聊着，聊起家里各种亲人们的事情，还和我的妹妹和我伯父的儿子都用微信通了视频，他们还问候了我的伯母。通过我的这次旅行，终于让大家都知道这里和那里还有些亲人，不失为一种特别的亲情上的收获。

不知不觉聊到了天黑，若不是又有朋友打电话约我，估计可能聊到深夜也聊不完，有时候话永远也说不完，留下一些等到下次再说也好。我在夜色中驱车回到乳山市内的宾馆。

再见西北庄

第二天清早,我要驱车离开乳山了,毕竟假期将尽,还有那么多事情得回去处理,可能还要出差去更北面的满洲里市做一个物流园区的规划。或许借着回到烟台还车,再去看看烟台山上爷爷奶奶的埋骨之处吧!再见了乳山,再见了令父亲魂牵梦萦的小村庄,再见了我过去那些年从未到过的老家。

那就在即将离开乳山踏上归途之前,让我再看一眼父亲和我那过去未曾到过的老家吧!我从宾馆开车出发,在清晨开车经过昨天的路线,这条道路的景观已经变得略微有些熟悉。经过一处村庄又看到那条流着清清河水的小河,于是沿着河边开车,没多远就再次到达父亲祖居的门口,那两棵大树依然如昨天一般在微风中向我挥动着万千条如臂膀的枝条,似乎在欢迎我的再次到来。

我在家乡的大树下

院门一如昨天般紧锁，我突然想到车上还有父亲留下的一篇手稿，于是我独自隔着门栏，端起手稿向着大树念起父亲笔下关于这个院子里曾经居住和来往过的人们的文字，那是我的先辈们在院子里生活过的印记。天气很好，但村主任在外面开会，没法打开门，我也不想再麻烦他陪着我，因为我需要的就是此刻一个人静静地待一会儿，看看父亲心心念念的老家的后花园。

　　这是爷爷参加抗战离家后奶奶在此养育三个孩子的地方，也是老奶奶出嫁刚刚生下二爷后不久，丈夫就撒手人寰，让努力的她独自撑起这个家、辛苦抚养两个儿子成长的地方；更是见证父亲外祖父君子一言，在我的老爷爷青年早逝后时常来探望友人的家庭，并最终兑现诺言将爱女嫁过来的地方；还是奶奶的大哥经常风风火火跑来联系爷爷奶奶为他的事业帮忙，并最终把他们都发展成为革命队伍中的成员，又匆匆忙忙赶着去别处联系其他人的地方。今天我也要像他们那样匆匆忙忙地走了，没有谁再能归来守着这座老宅，但是我们大家都知道这里是我们的根。再见，老家的院子；再见，那条清澈的小河；再见，安静祥和的西北庄。

　　我在院子外对着大树读着父亲 2020 年写的那篇记录他母亲刘梅婵的事，当读到父亲写奶奶因为自己的党证用猪膀胱包着塞进墙缝中找不到时，我用余光扫了扫旁边的院墙，不知这个院墙中是否还夹着当初那令奶奶心神不安的证件？我联想到前面写过老奶奶在北京觉得不适想回到老家，并且希望那时已经在济南的我的奶奶也陪着他回到村里的事，真是感叹，这里曾经是多么让这些慈祥的长辈们感到温暖舒适的"伊甸园"啊！还想起在有一篇文字中父亲写道，老奶奶离开时曾在这院子里埋葬了一些东西，后来她在北京和父亲说了具体的地点，父亲可没有告诉我，因为这是他们祖孙之间的秘密，我都已经没有权利私自过问和处置这东西，也不知那些物品究竟是些什么了，但我好奇如今那些东西还会静静在这院子或者那些屋子里安静地躺着吗？

读着读着，一只白色的狗狗从大门前走过，望着站在大门口朗读的我，似乎有点好奇，于是它也安静地蹲了下来听着我朗读。我接着读起那手稿，望着张开臂膀的大树，声音突然哽咽，不觉已泪流满面，想起作家席慕蓉的那首脍炙人口的歌《父亲的草原母亲的河》……

记得我们建筑学的大建筑师路易斯·康曾说："大树下一群年轻人听一位长者在娓娓道来，长者不知他是老师，年轻人也不知他们是学生，于是大树下也就自然地形成了最初的学校……"

这两棵大树曾经不就是我的父辈和祖辈们儿时最初的学校吗？我甚至希望在春暖花开后，等到大树绿意盎然时，把父亲的所有笔记整理成书，再来这院中安安静静地坐在大树的底下，独自或者和家人朋友一起将父亲与我所写的文字大声朗读给这两棵大树倾听。

张育南

2023 年 2 月 20 日

后记

暗淡了刀光剑影，远去了鼓角铮鸣，湮没了黄尘古道，荒芜了烽火边城。父亲的老家虽然没有那般浓墨重彩的历史，也自有一番"波澜壮阔"的故事。父亲走了，却带给我和妹妹他亲历的西北庄的回忆，那是他在八十多岁时以一个经历风霜雪雨老人的视角与自己十二岁前尚处于稚嫩童年所经历事件之间的对话，那是他将家国往事和自己的成长与家族的兴衰联系在一起的思考。

我常常想父亲的家乡风土人情和亲朋故友的故事究竟赋予了他什么样的精神品质，这些事情又如何影响了我和妹妹？或者我是否和应该怎样将其分享给我们的下一代？能否分享给亲朋好友？甚至是一些更多的人？因此我在假期花了一些时间走访了他未能归去的老家，寻找自己未曾触碰过的根。

其实我们每个人心目中都有自己的"桃花源"，也总会有一个伴随自己童年成长的永远难忘的老家。只是随着我们的长大，久居在喧嚣的城市中不常想起，或者只因为我们自以为从小生活在大城市中而与之还未曾相识而已。但是当有重大的变故发生，我们会忽然发现，原来自己心中早就藏有一个如此令人眷恋和向往的家园，有一棵可供自己寻根的生命之树。愿本书能帮助人们从逝去亲人的悲痛中走出来,用心灵去探秘和发现属于自己的那些关于安静祥和故土和家族传承中的有趣的往事。

于我而言,许多记忆中重要的事情应该被如实地记录下来,否则就会在后面容易被一点点误忘甚至简直像从未发生一样。千千万万个看似渺小的家族的群体记忆,绘制成为了我们的国家和民族的历史。

参考文献

[1] 山东省乳山市地方史志编纂委员会.乳山市志[M].济南:齐鲁书社,1998.12.

[2] 山东省乳山市地方史志编纂委员会.乳山市志(1996-2015)(上、下卷)[M].北京:方志出版社,2019:11.

[3] 高玉山编著.红色乳山[M].济南:山东人民出版社,2016:11.

[4] 张潭.张潭画集[M].济南:山东美术出版社,2002.6.